新雅
名著館

綠野仙蹤

原著　萊曼·弗蘭克·鮑姆〔美〕
撮寫　陳淑嫻

新雅文化事業有限公司
www.sunya.com.hk

文學名著，具有永久的魅力。一代又一代的讀者，曾從中吸取智慧和勇氣。

　　面對未來競爭性很強的社會，少年兒童需要作好準備，從素質的培養、性格的塑造、心理承受力的加強、思維方式的形成、智力的開發，以及鍛煉堅強的意志，都是重要的課題。家庭教育的單調、學校教育的局限、社會教育的不足，使孩子們面對許多新問題感到困惑。而文學名著向小讀者展現豐富的世界，通過書中具體的形象、曲折的情節，學會觀察人、人與人的關係，和錯綜複雜的社會矛盾。可以說，文學名著是人生的教科書，它像顯微鏡一樣，照出人的內心世界和感覺。通過書中人物的命運，了解社會，體會人生，不知不覺地得到啟迪心靈的鑰匙。而名著中文學的美，語言的美，更是滋潤心田的清泉。

　　然而，對於年紀尚小的讀者來說，這些作品原著的篇幅有些長，這套縮寫本既保留了原著的精髓，又符合小讀者的能力和程度，是給孩子開啟文學大門的最佳選擇。

著名兒童文學作家　冰心獎評委會副主席　葛翠琳

《**綠野仙蹤**》是美國作家萊曼・弗蘭克・鮑姆寫的長篇童話故事。它通過故事中的小主角桃樂絲和她的朋友們不畏艱險、尋找理想的經過，說明了一個道理：每個人都應該有自己的生活目的，每個人心目中都要有一個美好的理想，只要經過堅持不懈的努力，就能取得最後的勝利。

　　請看，那個沒有腦子的稻草人終於有腦子了，沒有心的鐵皮人也有了一顆心，膽小的獅子最後成了勇敢的萬獸之王。而小女孩桃樂絲呢，也終於千里迢迢回到了溫暖的家，回到了叔叔嬸嬸身邊。這一切，都是他們不怕艱難險阻、努力克服困難的結果。

　　故事還讚揚了團結友愛的精神。在孩子們尋找翡翠城、與惡女巫鬥爭等的過程中，互相幫助，互相鼓勵；在朋友遇到危難時，冒著生命危險去拯救；在碰到險阻時各自發揮所長，化險為夷。這也是他們取得成功的原因。

目錄

一、升上天空的屋子

桃樂絲是一個小孤女，她和亨利叔叔、愛姆嬸嬸一起住在堪薩斯州大草原的中部。

亨利叔叔是個勤勞老實的農民，經營着一個農場。由於當地蓋房子的木材很珍貴，所以他們只能蓋了一間很小的屋子來住。屋子裏有一個外面鏽污了的燒飯用的**爐灶**[①]，一個放碗碟的櫥，還有一張桌子、三四張椅子。房子的角落裏放了亨利叔叔和愛姆嬸嬸的一張大牀，另一個角落則放了桃樂絲的一張小牀。

屋子裏沒有閣樓，也沒有地下室——只有亨利叔叔挖的一個小地洞，這洞那麼小，僅僅可以容納他們

[①] **爐灶**：爐子和灶的統稱。爐子是供做飯、燒水、取暖、冶煉等用的器具或裝置。灶是用磚、胚、金屬等製成的生火做飯的設備。

一家三口人藏身。因為草原上經常刮旋風，旋風經過時，會把屋子都吹倒，人都會被捲起來。所以每當刮風的時候，桃樂絲他們就要趕快躲進地洞裏。

知識泉

旋風：形成於陸地之低氣壓性螺旋狀的風，有些旋風規模較小，如將砂塵捲起的塵捲風；而大型強烈的稱為龍捲風。

桃樂絲是一個快活的女孩子，不論在什麼事情上，她都能找出笑料來。所以家裏一天到晚都可以聽到她歡樂的笑聲。

托托是一隻可愛的小黑狗，牠長着一身柔軟的長毛，一雙黑黑的小眼睛老是快樂地眨着，那小巧的鼻子顯得又滑稽又可愛。牠是桃樂絲最好最好的好朋友。

可是有一天，桃樂絲不再樂呵呵地笑，托托也不玩耍了，亨利叔叔憂愁地坐在門口，看着灰暗的天空。愛姆嬸嬸皺着眉頭在洗碗筷。忽然，他們聽見，不遠處那裏的天空，傳來一種風的尖銳的嘯聲。

亨利叔叔突然站了起來，大聲地朝愛姆嬸嬸說：「旋風來了，你趕快帶桃樂絲進地洞，我把家畜安置好就來！」

亨利叔叔說着，急急地跑向關着牛羊的屋舍。

愛姆嬸嬸放下手裏的碟子，跑到外面去看了一下，知道危險就要來了。她尖聲地高叫着：「桃樂絲，快，快點跑到地洞去！」

托托被愛姆嬸嬸的叫聲嚇了一跳，牠從桃樂絲的臂彎跳出來，躲進了牀底下，桃樂絲馬上跑過去捉牠。

愛姆嬸嬸害怕極了，她一邊叫喚，一邊揭開地板上活動的門，爬下地洞去。

好不容易才捉到了托托，桃樂絲趕快向地洞跑去，剛跑到屋子的中央，傳來了一陣極響的呼呼的風聲，屋子也隨着劇烈地搖動起來，桃樂絲站不穩，一失足跌倒在地上。

這時候，一件奇怪的事情發生了。屋子在原地旋轉了三次之後，竟慢慢地升上了天空。

天很黑很黑，風在可怕地怒吼着，但桃樂絲一點也不害怕，她坐在地板上，就好像一個小嬰兒坐在一隻搖籃裏，晃晃悠悠的十分舒服。

托托可不喜歡這樣搖動，牠在屋子裏跑來跑去，還大聲地吠着。

有一次，托托由於太靠近那打開着的活地板的門，一不小心跌了下去。桃樂絲擔心地想，托托一定掉下去了。

但是不一會兒，桃樂絲看見了托托的一隻耳朵，在洞口慢慢升起來，原來是強大的氣流托住了牠，使牠掉不下去。

桃樂絲趕快爬到洞口，捉住了托托的耳朵，把托托拉進了屋子裏。為了防止托托再一次掉下去，她關上了活動地板的門。

時間一小時一小時地過去了，桃樂絲開始覺得孤獨，也有點害怕，風叫得這麼響，快把她的耳朵震聾了。她還擔心那屋子會突然從高空中掉下去，她將被跌得粉碎。

但她是個乖孩子，不哭也不鬧，後來她索性爬到

了牀上，靜靜地躺着，看看以後會發生什麼事情。托托也跟着躺在她的身邊。

　　不管屋子怎麼搖蕩，不管風叫得多麼大聲，桃樂絲漸漸睡着了。

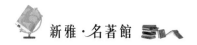

二、會見芒奇金人

　　一下突然而猛烈的震動，把桃樂絲震醒了，她睜開眼，看見托托把牠冰冷的小鼻子擱在自己的臉上，在嗚嗚地叫着。

　　桃樂絲坐了起來，發現屋子已經不動了，天也不黑了，明亮的太陽光從窗外照進來，照滿了小屋子。桃樂絲興奮地蹦下牀，跑過去打開了門。托托跟在她的後面，不停地搖着牠的小尾巴。

　　桃樂絲跑出門口，向四周看了看，情不自禁地發出了一聲驚叫。原來，屋子已經落回地上，坐落在一個奇異美麗的地方。只見到處是綠茵草地和高大的樹木，樹上掛着甜美的果子。還有鳥兒在歌唱，蝴蝶在飛舞。

　　不遠處有一條小溪，在歡快地流着，發出叮叮咚咚好聽的聲音來。桃樂絲很開心，因為她在那乾燥的、灰色的草原上住得太久了。

正當桃樂絲高興地望着眼前美麗的景色時，一羣人向她走了過來。桃樂絲馬上驚訝地睜大了眼睛，這可是她見過的最奇怪的人啊！看他們的相貌，已經是成年人了，可是他們的個子，卻跟一個八、九歲的小孩差不多。這羣人裏面，有三個是男的，有一個是女的。男人們看上去都起碼有亨利叔叔那麼大年紀了，他們都帶着綠色的帽子，帽子中間聳起了一個小尖頂，四面掛着小鈴，他們的頭一動，就發出了好聽的鈴聲。那女人看上去更老了，她臉上滿是皺紋，頭髮幾乎全白了。她戴着白色的帽子，穿一件白色的長袍，長袍上面閃爍着許多小星星。

那四個人走近桃樂絲身邊，老婦人用好聽的聲音對桃樂絲説：「歡迎你，最高貴的魔法師，我們代表所有芒奇金人感謝你，因為你殺死了東方惡**女巫**[①]，把我們從被奴役中解救了出來！」

桃樂絲十分吃驚，她可沒有殺死什麼惡女巫呀。她很有禮貌地對老婦人説：「謝謝你們。不過我想你

[①] **女巫**：使用巫術、魔法等超自然力量的女性。

們一定搞錯了，我可從來沒有殺過人啊！」

　　「不管怎麼樣，這都是你的功勞，因為是你的屋子壓死了東方惡女巫。」老婦人說着，指了指屋子的一角。

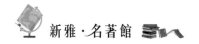

桃樂絲一看，吃驚得喊了一聲，她這才發現，在她的屋子下面露出一雙穿着銀鞋子的腳。

「哎喲，這可怎麼辦呀！」桃樂絲有點不知所措，沒想到屋子降落下來時壓死了人。

老婦人說：「你不必害怕，她可是罪有應得的。她已經統治芒奇金人多年了，芒奇金人吃透了她的苦頭，如今得到自由，都非常感謝你呢！」

「芒奇金人是些什麼人？你也是芒奇金人嗎？」桃樂絲好奇地問。

「芒奇金人是生長在這片東方國土上的居民。」老婦人回答說，「我是北方女巫，是芒奇金人的好朋友。我本來是想幫助他們消滅東方惡女巫的，可惜我的法力不如她，要不芒奇金人早就得救了。」

桃樂絲睜大眼睛看着老婦人，她可是第一次面對一個真正的女巫呢。她說：「我還以為所有女巫都是壞人呢。」

北方女巫說：「很多人都這樣認為，但這只不過是誤傳罷了，在奧芝的地方一共有四個女巫，北方和南方女巫都是好的，只有東方和西方女巫是壞的，你

已經殺死了東方女巫，現在只剩下西方惡女巫了。」

桃樂絲點點頭，她又問：「請問奧芝是誰？」

北方女巫說：「奧芝是個偉大的男巫、大魔法師，他的力量比我們幾個人合起來還強大得多。他住在翡翠城裏。」

> **知識泉**
>
> 翡翠：亦稱翠玉，常見顏色為綠色的硬玉，其中以鮮艷綠色、半透明的翡翠最為名貴。

桃樂絲全明白了，她對北方女巫說：「你們可以找到回堪薩斯州的路嗎？可以幫我回到叔叔嬸嬸那裏去嗎？我知道他們一定在掛念我呢。」

北方女巫和幾個芒奇金人互相看看，最後都表示無能為力。

「從這裏到堪薩斯州，要經過一個難以穿越的大**沙漠**①，還要經過西方女巫統治的地方，如果你經過她那裏，她會把你抓去做**奴隸**②的。」北方女巫同情地看着桃樂絲，又說：「親愛的，你將不得不留下來和我們一起生活了。」

---

① **沙漠**：地面完全為沙所覆蓋，缺乏流水，氣候乾燥，植物稀少的地方。
② **奴隸**：為主人勞動，沒有人身自由的人。

桃樂絲哭了，她為自己回不了家而哭。好心的芒奇金人看見她這麼傷心，也陪着她掉起眼淚來。北方女巫脫下她的帽子，將尖端頂在她的鼻尖上，同時用一種莊嚴的聲音數着「一、二、三」。帽子馬上變成一塊石板，上面寫着巨大的粉筆字：

讓桃樂絲到翡翠城去

北方女巫從她的鼻子上拿下石板來，反復看了幾遍，問道：「小女孩，請問你是叫桃樂絲嗎？」

桃樂絲回答說：「是的，我就叫桃樂絲。」

北方女巫點點頭說：「那就對了，你必須到翡翠城去，也許奧芝會幫助你的。」

桃樂絲問：「奧芝是個好人嗎？」

北方女巫說：「他是一個好巫師。但是我從來沒有見過他，也不知道他是什麼樣子的。」

桃樂絲又問：「那我怎樣才能找到翡翠城，找到奧芝呢？」

北方女巫慈祥地看着桃樂絲：「你必須步行去。那是一條漫長又艱難的路程，要越過一個奇怪的國

土，它有時是光明和快樂的，有時是黑暗和可怕的，但是無論如何，我一定會盡最大的努力去幫你的。」

北方女巫走近桃樂絲，溫柔地在她的額頭上吻了一下，留下了一個又大又圓的記號。接着又告訴桃樂絲：「你只要沿着黃磚鋪成的路一直走，就可以走到翡翠城去。你見到奧芝之後，把你的事告訴他，他也許能幫你的忙。」

北方女巫跟桃樂絲説再見，幾個芒奇金人也向桃樂絲鞠躬，大家都衷心祝願桃樂絲一路順風，有一個愉快的旅程。

芒奇金人走了，北方女巫用她的腳跟旋轉了三次，立刻不見了。很久沒作聲的托托見了很吃驚，在女巫消失的地方吠個不停。

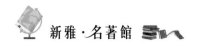

❧ 三、救出了稻草人 ❧

又剩下了桃樂絲一個人。她決定梳洗一下才動身去翡翠城。

桃樂絲細心地洗了臉，穿上了一件乾淨的格子布罩衣，又把淡紅色的帽子戴在頭上。然後又去廚房裏拿了好多麵包，放在一隻小籃子裏。

正準備走的時候，她忽然看到了自己那雙又破又舊的鞋子，就對托托說：「穿舊鞋子能走那麼遠的路嗎？」

托托抬頭用一雙小黑眼睛望着她，又使勁地搖着小尾巴。桃樂絲看了說：「哦，你一定是說不行。」

於是，她脫下了舊皮鞋，把東方女巫的那雙銀鞋子穿上了。咦，不大不小，好像是專門為她訂做的。

桃樂絲很開心，她提起竹籃子，帶着托托出發了。

走了不遠，發現了一條用黃磚鋪成的路，桃樂

絲知道這條路正是通向翡翠城的，就一蹦一跳地跑了上去，銀鞋碰着黃磚路，發出了「咯咯」的好聽的聲音。

走呀走呀，已經到了黃昏時候，桃樂絲第一次走這麼遠的路，也走累了，她決定找一個地方休息一下。

桃樂絲的運氣可真好，想休息，前面馬上就出現了一個村莊。桃樂絲走進去找到了一間又大又漂亮的房子。只見房子前面的草地上很多男男女女在跳舞，有五個小提琴手在拉琴為他們伴奏。旁邊還放了一張大桌子，上面擺滿了好吃的糕點和水果。

有個叫做波奎的芒奇金人跑過來接待了桃樂絲。桃樂絲吃了一頓豐盛的晚餐之後，就舒舒服服地坐在一張靠背椅上，看着人們跳舞。不一會，她覺得有點累了，波奎就把她帶進了一間美麗的房子裏，讓她在裏面休息。桃樂絲躺在

> **知識泉**
>
> 小提琴：一種音色極其優美的弓絃樂器，構造分為琴身、琴頸及琴頭三部分，有四根弦線，須配合一枝以馬毛繫着木棒製成的琴弓來演奏。其樂曲為與鋼琴合奏的奏鳴曲，以及和樂隊合奏的協奏曲為多。

那張鋪着藍花牀單的小牀上，睡得好香喲。托托也蜷伏在她的身旁呼呼大睡。

一覺醒來，已經是個晴朗的早晨，桃樂絲在波奎的熱情接待下，又吃了一頓美味的早餐。桃樂絲問波奎：「到翡翠城去還要多遠？」

「這我可不知道。」波奎想了想説：「因為我從來沒有到過那裏。要是沒有什麼要緊的事，還是不要到奧芝的地方好，那不但要花很多時間，路上也很辛苦呢！」

桃樂絲聽了不禁猶豫起來，可是只有偉大的奧芝，才能幫助她回到堪薩斯州的家，所以她決定還是朝翡翠城走去。她站在小土墩上朝朋友們搖了很久的手，她實在是很捨不得離開他們的呀！然後又踏上了黃磚鋪成的路。

桃樂絲一連走了好幾里的路，好累呀，於是她爬到路旁一堵牆的牆頭上坐了下來。牆的另一邊是一塊稻田，稻田邊有一個**稻草人**[①]，高掛在竹竿上，不讓

[①] 稻草人：用曬乾的稻稈（稻的莖）做成人的形狀，豎立在田裏，以驅逐啄食農作物的麻雀等鳥類。

那些吱吱喳喳的鴉雀偷吃稻子。

知識泉

稻子：稻是人類重要的糧食作物之一，種子叫穀，去殼為米。米粒主要作食糧，還可釀酒、製澱粉。稈和米糠（米皮）可作飼料和工業原料。

桃樂絲好奇地打量着稻草人。只見他的腦袋是一個塞滿稻草的小布袋做成的，上面畫了眼睛、鼻子和嘴巴。頭上戴了一頂芒奇金人喜歡戴的尖頂帽子。身上穿着一件褪了色的藍衣服，身體裏面也是塞滿了稻草。他的腳呢，則穿了一雙藍布面的舊鞋子。

忽然，桃樂絲看見稻草人的眼睛朝她眨了幾眨，她吃驚地擦了擦眼睛，還以為是自己看錯了，因為在堪薩斯州的稻草人沒有一個是會眨眼的。

稻草人又朝桃樂絲友好地眨了眨眼，桃樂絲馬上從牆頭上跳了下來，跑到稻草人身邊。托托也跟着跑了過去，在稻草人身邊轉來轉去，嘴裏還「汪汪」地叫着。

「嗨，你好！」稻草人對小女孩說，聲音有點嘶啞。

小女孩奇怪地問：「是你在講話嗎？我還沒有見過會講話的稻草人呢！」

「沒錯，是我在跟你説話。」稻草人説着，又再一次跟桃樂絲問好：「你好嗎？」

「謝謝你，我很好。」桃樂絲很有禮貌地回答説，「你好嗎？」

「我可不怎麼好。」稻草人説，「一天到晚被吊在這裏嚇唬麻雀們，可是一件討厭的事啊！」

桃樂絲説：「那你怎麼不離開這裏呢？」

稻草人説：「不行啊。有一根竹竿插在我的背上，如果你能夠替我拔掉它，那我就可以自由了。」

桃樂絲當然願意幫這個忙。她嘗試着把竹竿拔出來，可是，力氣不夠。她乾脆伸出兩隻手臂，把稻草人舉起來離開了竹竿，因為稻草人是用稻草做的，是十分輕的，小女孩也拿得動。

稻草人活動了一下手腳，又朝桃樂絲鞠了個躬，説：「謝謝你的幫忙，我覺得自己現在像一個新生的人。」

桃樂絲很感興趣地望着稻草人。稻草人打了幾個呵欠以後，問桃樂絲：「你一個小女孩孤身上路，要上哪呀？」

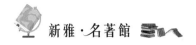

桃樂絲説：「我叫桃樂絲，我要上翡翠城去，請求偉大的奧芝幫忙，送我回堪薩斯州的家裏。」

稻草人歪着頭想了一會，又問：「翡翠城是什麼地方？奧芝是誰？」

桃樂絲感到很吃驚：「什麼，你連偉大的奧芝都不知道嗎？」

稻草人歎了口氣説：「我什麼也不知道！因為我是用稻草填塞的，我根本沒有腦子。」

「唉！」桃樂絲不禁也為稻草人歎起氣來，「可憐的稻草人。」

稻草人説：「如果我和你一塊到翡翠城去，奧芝可以給我一個腦子嗎？」

桃樂絲説：「那我可不敢保證。但是如果你願意，可以和我一塊上路，即使奧芝沒辦法給你腦子，情況也不會更壞呀！」

「你説得很對！」稻草人同意説，「我願意跟你一塊去。我希望腦殼裏能放上一個腦子，那麼，我就可以和你一樣知道很多事情了。」

「我明白你的感受。」桃樂絲很同情稻草人，

「見到了奧芝,我一定代你向他請求,幫你安裝一個腦子。」

「謝謝你,好心的桃樂絲!」稻草人感激地説。

桃樂絲和稻草人一起翻過了牆頭,回到了那條黃磚路上,繼續向翡翠城走去。

托托對稻草人一直抱着懷疑態度,老是在他身上嗅來嗅去的,彷彿在他身上藏着什麼不好的東西,還常常不禮貌地朝着稻草人「汪汪」地叫着。

「不用害怕,托托是不會咬你的。」桃樂絲安慰稻草人説。

「我一點也不害怕,因為稻草是咬不痛的。」稻草人説,「不過我告訴你一個秘密,這個世界上只有一樣東西使我害怕……」

桃樂絲好奇地問:「是那個製造你的芒奇金人嗎?」

「不,」稻草人回答説:「是一根燃燒着的火柴!」

四、鐵皮人會走路了

一天，他們走過一片森林時，覺得口渴了，便跑到水邊去喝水。桃樂絲一邊喝水，一邊拿出麵包來吃。籃子裏的麵包剩下不多了，不知道可不可以維持到翡翠城。她很感激稻草人，因為他什麼東西都不用吃。

桃樂絲喝完水，正準備離開的時候，忽然聽到附近傳來幾下呻吟聲，這把她嚇了一跳。

「是什麼在叫？」桃樂絲恐懼地看着稻草人説。

「我也不知道。」稻草人説，「但是我可以過去看看。」

稻草人剛説完，又出現了一聲呻吟，這次好像是從後面傳來的，這使桃樂絲更害怕了。她四處張望，忽然發現不遠處的大樹下有一樣什麼東西，在太陽的映照下亮晃晃的。她跑過去一看，原來是一個用鐵皮做成的人。只見他手裏高舉着一把斧頭，一動不動地

站在那裏。

桃樂絲驚訝地望着鐵皮人，托托卻把對稻草人的懷疑轉移到了鐵皮人身上，朝鐵皮人猛烈地吠着，接着還撲過去咬了鐵皮人一口，沒想到卻把自己的牙齒咬傷了。

「是你在呻吟嗎？」桃樂絲關心地問。

「是我。」鐵皮人回答説：「我在這裏呻吟了一年多了，卻沒有一個人聽見，更沒有一個人來幫助我。」

「啊，真是太可憐了！」桃樂絲十分同情鐵皮人，她問：「我怎樣幫你好呢？」

「我的手手腳腳全鏽住了，所以一動也動不了。」鐵皮人歎了口氣，繼續説：「請你在我**茅舍**[①]裏拿一罐油來，把油加在我身上的各個關節上，這樣，我就可以動了！」

熱心的桃樂絲馬上跑進茅舍，把桌上一個油罐提了出來。

[①] **茅舍**：屋頂用蘆葦、稻草等物蓋的房子，大多簡陋矮小。

鐵皮人説：「請把油倒在我的脖子上。」

桃樂絲小心地把油倒在鐵皮人的脖子上，稻草人幫忙把鐵皮人的頭向左向右地轉了幾次，鐵皮人才可以自己轉動。

「好啦，現在請把油倒在我手臂的關節上。」鐵皮人對桃樂絲説。

桃樂絲照着做了，稻草人又幫忙把鐵皮人的手臂彎曲着，直到可以靈活轉動了才住手。

接着桃樂絲又把油加在鐵皮人的腳上，直到鐵皮人可以靈活地走路為止。

鐵皮人向桃樂絲和稻草人謝了又謝，感謝他們使自己獲得了新生。接着，他又問：「你們怎麼會到這裏來的？你們想上哪去呀？」

桃樂絲回答説：「我們要到翡翠城去，我們要去拜訪偉大的奧芝。」

鐵皮人好奇地問：「你們去找奧芝幹什麼？」

桃樂絲説：「我要請求他把我送回堪薩斯州的家。稻草人請求他給安裝一個腦子。」

鐵皮人睜大眼睛説：「奧芝真有這麼大的本事

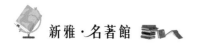

嗎？他可不可以給我安裝一顆真正的心？」

桃樂絲説：「我想奧芝是可以滿足你的要求的。就像他會滿足我和稻草人的要求一樣！」

「那就太好了！」鐵皮人高興地説：「我決定和你們一起上翡翠城，找奧芝幫忙。」

桃樂絲和稻草人都表示歡迎鐵皮人加入他們的隊伍，於是鐵皮人作了一些遠行的準備，帶上他的斧頭，又拿了一罐油放在桃樂絲的籃子裏，因為他的身體隨時有再生鏽的可能，得經常上點油。然後跟着桃樂絲和稻草人上路了。

走了不久，他們遇上了一處茂密的森林，樹木和枝葉遮住了道路，他們沒辦法走過去。幸虧鐵皮人幫了大忙，他掄起斧頭，猛劈一陣，開出了一條路來。

五、膽小的獅子

這茂密的森林看來藏着不少野獸，不斷有吼聲從裏面傳出來，桃樂絲有點害怕，問鐵皮人什麼時候才能走出這森林。

鐵皮人説：「還有一段很長的路呢，而且要經過一個十分危險的地方。我是沒問題的，有了油，我就怎麼都不怕。至於稻草人，是沒有什麼東西可以傷害他的。在你的額頭上，印着善良女巫吻過的記號，這記號會幫助你逃過一切災難的。」

桃樂絲煩惱地説：「但是托托怎麼辦呢？用什麼來保護牠？」

鐵皮人和稻草人異口同聲地説：「如果遇到危險，我們一定會保護牠的。」

正在這時候，森林裏傳來了一聲可怕的吼叫，一隻大獅子跳了出來，擋在路中。牠用爪子一推，把稻草人推得打了幾個滾，跌到路旁邊。接着他又用尖鋭

的爪子去抓鐵皮人，鐵皮人雖然一點損傷也沒有，但也跌跌撞撞的跌坐在地上。

托托勇敢地跑了過去，對着大獅子拚命地吠着。大獅子張開了大口，看樣子想把托托一口吞掉。桃樂絲本來害怕地躲在一邊，看到托托有危險，就奮不顧身地衝了過去，用盡全力去摑大獅子的鼻子，嘴裏還高喊着：「以大欺小，真不害臊！像你這麼大個子的野獸，竟然去咬一隻小狗！」

「我還沒有咬到牠。」獅子拚命地用爪子去揉鼻子，那上面被桃樂絲都打紅了。

「不過你剛才的確是想咬托托，你承不承認！」桃樂絲理直氣壯地説。「其實你只不過是一個膽小鬼罷了，只有膽小鬼才會欺負比自己弱小的對手！」

「我知道自己是有這個缺點。」獅子又害羞又慚愧地低下了頭，「但是我不知道怎樣才可以改正這個缺點。」

「這個問題我也沒辦法回答你。但我還是要提醒你一下，打擊一個用稻草填塞的人，算什麼英雄好漢？」桃樂絲一邊説，一邊扶起稻草人，輕輕地拍着他，使他恢復原來的樣子。

「呵，真對不起！」獅子抱歉地説。他又問：「那另外一個也是用稻草做的嗎？」

「不！」桃樂絲一邊幫鐵皮人站起來，一邊説：「他是用鐵皮做的。」

「怪不得我剛才抓他的時候，把爪子也抓鈍了。」獅子看了看還在一旁猛吠的托托，問道：「請問這隻小狗也是用稻草填塞，或者是用鐵皮做成嗎？」

桃樂絲對獅子這個無知的問題感到很可笑，她

哈哈地笑了起來：「錯了，牠是一隻真真正正的小狗！」

桃樂絲把幾位同伴安撫了一番，又睜大眼睛看着獅子，說：「你的個子大得真像一隻小馬啊！但你為什麼會這麼膽小呢？」

「這我也想知道。」獅子無可奈何地說：「我想我生下來就是這樣的。森林裏的所有動物，都以為我是最勇敢的，因為獅子向來有『萬獸之王』的稱號啊。所以我只好把聲音吼得很響很響，用這個方法來嚇唬別的動物。」

「這樣多不好，萬獸之王不應該是個膽小鬼啊！」稻草人惋惜地說。

「其實為了這件事，我都難過死了！」獅子的眼裏淌下了幾滴眼淚，他馬上害臊地用尾巴的尖端揩去了。「每當我遇到危險的時候，我的心就會砰砰亂跳。」

「大概你是得了心臟病。」鐵皮人煞有介事地說。

獅子好像突然想起了什麼：「哎，我都還沒問你

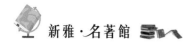

們，你們準備上哪裏呀？」

桃樂絲說：「我們準備去翡翠城找偉大的奧芝，我請他幫忙把我和托托送回堪薩斯州。」

稻草人說：「我請他給我裝一個腦子！」

鐵皮人說：「我請求他給我一顆真正的心！」

獅子聽了說：「要是我跟你們一塊去，請奧芝送一些膽量給我，不知行不行？」

「這麼容易的事，奧芝當然可以辦到。」桃樂絲說，「而且我們也很願意你和我們一起走，起碼你可以幫我們嚇走一些野獸呢！」

獅子威嚴地走在桃樂絲旁邊。托托起先很不喜歡這個新朋友，因為牠老是記着剛才差點被獅子吞進肚子裏的事。但後來見到獅子對自己挺好的，而且大家都是用四條腿走路的，不禁開始有了好感，於是很快就成好朋友了。

六、怪獸掉進了深溝

天變黑了，因為附近找不到一間可以住的房子，他們不得不露宿在一棵大樹底下。鐵皮人用斧頭砍來了一大堆木柴，桃樂絲擦了一根火柴把木柴點着，火熊熊地燒着，給這個小團體的所有成員帶來了溫暖。

桃樂絲把籃子裏的東西翻了個底朝天，剩下的麵包僅夠她和托托吃一頓。幸虧鐵皮人和稻草人一樣，都是不用吃東西的。獅子呢，他自個兒跑進了森林裏找吃的，不一會兒就舔着嘴跑回來了，一副吃飽喝足的滿意樣子，也不知道他吃了什麼東西。

稻草人擔心桃樂絲第二天會餓肚子，就去摘來了一大堆硬殼果，放在桃樂絲的籃子裏。這些硬殼果足夠桃樂絲吃好多天了。

大家香香甜甜地睡了一覺，第二天醒來，等桃樂絲洗好臉，就出發了，真沒想到，他們馬上就遇到了一個很大的困難——一條又長又寬的深溝擋住了去

路。他們走到溝邊，看看能不能下到溝底再爬到對面去。可是，溝好深喲，溝壁又十分**陡峭**①，根本沒辦法下去。怎麼辦？

桃樂絲説：「對我來講，這真是一個無法解決的困難！」

稻草人説：「對我來講，這更是難上加難！」

鐵皮人也説：「要過去，除非長上了翅膀！」

獅子沒出聲，他在溝邊走來走去，估計了一下溝的寬度，對大家説：「我想我可以跳過去！」

「那太好了！」稻草人馬上説：「我們可以坐在你的背上，你逐個把我們背過去好了。」

「其實我還是有點害怕的，不過盡力而為吧。」獅子有點膽怯地説：「誰願意第一個過去？」

「我去吧。」稻草人堅決地説：「如果萬一跳不過去，桃樂絲會跌死的，鐵皮人也會被撞壞的，只有我，即使摔下去也不會有什麼損傷。」

「要是我摔下去也會摔死的。」獅子嘟嘟嚷嚷地

---

① **陡峭**：山勢的坡度很大，直上直下的。

說了一句，又鼓起勇氣說：「沒有別的法子，我們也要嘗試一下。」

稻草人坐到了獅子的背上。獅子先伏在溝邊，然後猛地向前一躍，終於安全地跳到了溝的對面。桃樂絲和鐵皮人都拍着手歡呼起來。

獅子試跳成功，不禁勇氣大增，他讓稻草人從他背上下來，又再跳回了桃樂絲身邊。接着，又分別把桃樂絲和鐵皮人背過去了。

那條又深又寬的溝終於被他們征服了，大家都很開心，都稱讚獅子開始變勇敢了。弄得獅子有點不好意思起來。

由於獅子一連跳了這麼多次，累壞了，所以大家都很關心地叫他先伏在地上休息一下。

趁着休息的時候，桃樂絲和伙伴們都細心地觀察起周圍的環境來。只見這一邊的森林十分茂密，密得連太陽光都透不進來，顯得十分神秘，甚至帶點恐怖。

獅子休息好了以後，他們又再起程了。繼續沿着黃磚鋪成的路走着，周圍的一切是黑糊糊的，到處是

靜悄悄的，大家心裏都有一個共同的願望，希望早一點走出這黑森林，回到有太陽照耀的地方。

　　他們提心吊膽地走着，走到密林深處，忽然聽到一種怪異的聲音，更加深了他們的恐懼感。獅子小聲地對小伙伴們說，他們進入了開力大的國土了。

　　「開力大是什麼？」桃樂絲問。

　　「開力大是一種奇怪的野獸。」獅子回答說。「身體像熊，頭像老虎，牠們的爪子又長又尖，連我這樣大的個子都可以被輕易地撕開兩半。我連提起牠們都覺得害怕呢！」

　　「聽你這麼講，開力大一定是非常可怕的野獸。但願我們不會碰上牠們！」桃樂絲有點擔心地說。

　　就這樣走着說着，他們又遇到了另一條深溝。這條溝比剛才那條更深更寬，擋住了他們的去路。獅子走過去看了看，就知道自己是無論如何都跳不過去了。他們只好在溝邊坐了下來，商量辦法。

　　但辦法不是那麼好想的，大家都傷透了腦筋。稻草人偶然抬起頭，看見溝邊長着一棵大樹，他馬上想到了一個辦法，便對大家說：「有了，如果鐵皮人可

以把這棵樹砍倒，用這樹的樹幹搭向溝的那邊，我們就可以很容易地從這樹橋上過去了。」

「這真是個充滿智慧的主意！」獅子欽佩地叫了起來：「看來你的腦袋裏已經不光是稻草了。」

鐵皮人立刻動手，他起勁地砍呀砍，不一會兒就把樹砍得快要倒下去了。這時輪到獅子大顯身手了，他用前腿拚命將大樹向深溝對面的方向推，只聽見「嘩啦啦」一陣聲響，大樹的頂端搭向了深溝對面，剛好成了一座樹橋。

成功了！大家正想從樹橋上跑到對面去，忽然傳來一陣可怕的吼聲，兩隻頭像虎、身像熊的兇猛野獸向他們跑了過來。

「開力大來啦！」獅子用害怕得發抖的聲音叫了起來。

「快，我們快跑過去！」稻草人喊道。

桃樂絲抱起托托，第一個跑上了樹橋。鐵皮人和稻草人緊跟在後面。獅子雖然害怕，但為了保護小伙伴們，他還是轉身向着開力大發出了一聲怒吼。開力大受了驚嚇，不由得停住了腳步，驚奇地看着獅子。

開力大看清楚獅子的個子還沒有自己高，便又再衝了過來。獅子看看小伙伴們已經跑到了深溝對面，便也跨上樹橋，拚命向對面跑去。當他跑過了對面時，回頭一看，發現開力大也跑上了樹橋，向這邊追了過來。

獅子氣吁吁地對桃樂絲説：「不得了啦！開力大快要追上來了，牠們會用尖鋭的爪子把我們撕得粉碎的！不過你別害怕，你可以躲在我的後面，我會盡量保護你的。」

　　這時候稻草人大喊一聲：「大家不要着急，我有辦法！」他請求鐵皮人趕快用斧頭把樹橋砍斷。

鐵皮人揮起斧頭拚命地砍呀砍呀，就在兩隻開力大快要衝到時，樹及時地被砍斷了。隨着「隆隆」的巨響，樹橋連帶着兩隻兇惡而又醜陋的開力大掉下了深溝。

「好了，我們安全了，沒事了。」獅子大大地鬆了一口氣，又説：「其實我剛才害怕極了，現在一顆心還在噗噗亂跳。」

鐵皮人聽了卻憂鬱地説：「唉，我倒願意有一顆心被嚇得噗噗跳。」

他們又開始往前走，下午的時候，他們被一條寬闊的大河擋住了去路。桃樂絲發愁地説：「這裏又沒有船，我們怎麼過河呀！」

稻草人想了想説：「這樣吧，我們請鐵皮人砍一些小樹來，做一個木**筏**①，我們就可以乘着木筏到對面去。」

鐵皮人二話沒説，拿起斧頭就去砍小樹。鐵皮人

---

① **筏**：用竹、木等平擺着編紮成的水上交通工具，也有用牛羊皮、橡膠等製造的。

正在忙的時候，稻草人發現在河邊有一棵長滿了果子的樹。這使得桃樂絲高興極了，因為這些天來，她都是吃那些又乾又澀的硬殼果充飢。她摘了很多果子下來，好好地飽餐了一頓。

原來做一個木筏並不是容易的事，鐵皮人很努力地忙了半天，直忙到天黑的時候，木筏還沒有做好。於是，他們只好在河邊過夜了。

桃樂絲睡得很甜很甜，她還做了一個夢，夢中見到了偉大的奧芝，奧芝還幫她回到了堪薩斯州的家。

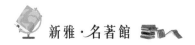

七、田鼠王國

第二天一大早，大家就被「啾啾」的鳥叫聲吵醒了，大家重新抖擻精神，作好渡河的準備。黑森林已經被征服了，光明在向他們招手，邀請他們走向通往翡翠城的路。

鐵皮人把許多胳膊般粗的樹幹攏在一起，用木釘把它們釘緊，就成了一隻渡河的木筏，然後大家齊心合力把木筏推到河裏，跟着就一個個上了木筏。桃樂絲抱着托托坐在中間，獅子在她身邊蹲着，稻草人和鐵皮人各拿着一根長長的竹竿，在木筏的兩邊，使勁地撐着。起初木筏前進得很順利，但到河中間時，急流卻將木筏向下流衝去，使他們離黃磚路越來越遠了。

稻草人用力地撐着竹竿，以至使到竹竿深深地插進了河底的淤泥裏。在稻草人準備把竹竿拔出來時，木筏被水衝開了，可憐的稻草人，只能緊緊抱着竹

竿，也就是説，他被孤零零地留在河中間了。

小伙伴們見到這情景都很難過，鐵皮人還哭了起來。但是他一想到這樣會令到自己生鏽的時候，就馬上不敢再哭了。

水把木筏越沖越遠，桃樂絲急得不得了：「我們一定要想辦法讓木筏離開急流，駛向黃磚路，然後再救稻草人。」

獅子急中生智，他説：「我可以盡力游到岸邊去。這樣吧，把木筏拖在我的後面，只要你們拉緊我的尾巴，我就可以把木筏帶到岸邊去。」

於是他們就這樣做了，其中經歷了不少困難，但他們終於成功地到了岸邊，登上了那美麗的綠草地。上岸以後，他們馬上搜尋稻草人的下落，看見稻草人還是緊緊地抱住河中的竹竿，可憐極了。

正當他們絞盡腦汁都想不出營救方案的時候，一隻鸛鳥飛了過來，看見了他們愁眉苦臉的樣子。鸛鳥就問：「你們在幹什麼呀？有需要幫忙的嗎？」

知識泉

鸛鳥：外形像白鶴，嘴長而直，羽毛灰色、白色或黑色。生活在水邊，吃魚、蝦等。

桃樂絲把河中間的稻草人指給鸛鳥看。鸛鳥看了看稻草人，説：「看他還不致於太重，我試試看能不能把他帶回來。」桃樂絲他們還來不及説感激的話，鸛鳥就張開翅膀飛上了半空，飛到了河中間，用大爪抓住稻草人的肩膀，把稻草人整個提了起來，帶回了岸上。小伙伴們都歡呼起來，稻草人更是高興得逐個地擁抱他們。稻草人説：「我真害怕我要永遠留在河中間呢。」

知識泉

罌粟：植物名，夏季開花，花朵大型而艷麗。果中乳汁烘乾後稱鴉片，含嗎啡和其他生物鹼，有鎮痛、鎮咳和止瀉作用，但常用能成癮，對身體有危害。罌粟籽含有對健康有益的油脂，可用於煮食及榨油。因罌粟可製作毒品，卻又有藥用和食用價值，故很多國家立法限制種植，嚴禁非法種植。

大家都十分感謝鸛鳥，鸛鳥謙虛地説：「這不算什麼，誰有困難，我都會幫忙的。」

鸛鳥臨走時，祝福桃樂絲早日到達翡翠城。

接下來的路不但平坦易走，而且沿途還有美麗的風景欣賞，大家都顯得很開心。走着走着，看見了一大片罌粟花地，這些花好漂亮喲，桃樂絲跑近去，情不自禁深深吸了一口花香。但是，

她馬上倒在地上呼呼地睡着了。

鐵皮人跑過去扶住桃樂絲，着急地説：「我們得趕快離開這裏，這些花的香氣不但會使人昏睡，聞的時間長了，還會死呢！」

稻草人一聽，馬上背起桃樂絲，拚命向前走。真沒想到，就在快跑出罌粟花地的時候，獅子已經吸了太多的花香，倒在地上了。由於獅子太重了，稻草人和鐵皮人根本沒辦法抬起他，只好先跑出去了。

到了遠離罌粟花的地方，稻草人把桃樂絲放在軟綿綿的草地上，讓清新的微風把她吹醒。正在這時候，傳來一陣低低的吼聲，鐵皮人一看，原來是一隻大野貓，在追着一隻灰色小田鼠。大野貓嘴張得大大的，露出可怕的牙齒，看樣子想把田鼠一口吞下去。

鐵皮人雖然沒有心，但他也懂得做人應該鋤強扶弱，他舉起斧頭，把野貓砍死了，救了田鼠。田鼠脱險之後，走到鐵皮人面前，十分感激地説：「我是這裏的田鼠皇

> **知識泉**
>
> 田鼠：屬倉鼠科。多數為小型鼠類，四肢和尾都較短；毛一般為暗灰褐色，有的呈沙黃色。喜歡挖土生活，對農作物有害。

后，謝謝你救了我的性命。」

　　鐵皮人很高興自己救了個皇后，他説：「不用謝，這是我應該做的。」

　　這時候，跑來了很多小田鼠，當他們知道鐵皮人救了皇后時，都十分感激，其中一隻最大的田鼠説：「為了報答你們，我們願意為你們做任何事。」

　　稻草人説：「要是你們一定要報答的話，就幫忙把罌粟花地裏的獅子救出來吧！」

　　「獅子？你是説叫我們去救一隻獅子？」田鼠皇后顯出一副困惑的樣子，「我不是不想幫你，但以我們小小的身體，怎能搬得動一隻獅子呀！」

　　稻草人説：「把田鼠們都叫來，並且每個都帶上一條繩子，我自然有辦法。」

　　田鼠皇后馬上把所有的田鼠公民都叫來。稻草人又叫鐵皮人馬上去砍些木頭來做一輛大車。

　　鐵皮人立即開始工作，等到他把大車造好時，幾千隻大大小小的田鼠也都銜着繩子跑來了。這時候桃樂絲醒來了，和田鼠皇后開心地交談着。稻草人和鐵皮人開始用田鼠們帶來的繩子，把一頭綁在大車上，一頭繞在每隻田鼠的頸上。就這樣，在稻草人的號令下，幾千隻田鼠一起拉，把大車拉到了獅子身邊，又一起把獅子抬到了大車上。雖然有幾千隻田鼠，可是拉動一隻獅子也不是一件容易的事啊，後來鐵皮人和稻草人使勁在大車後面推，才把車子推動了，把獅子救了出來。獅子吸了新鮮空氣，不久也醒過來了。

　　桃樂絲很感謝田鼠們救了獅子。田鼠皇后說：「別客氣，其實我的命不也是你們救回來的嗎？」

　　因為桃樂絲和小伙伴們要繼續上路，而田鼠們也要回家了，這些新結識的朋友們只好依依不捨地分手了。臨別的時候，田鼠皇后把一支小口笛送給桃樂絲，說：「以後你們要是遇到什麼困難，只要吹起這支口笛，我們就會馬上來到。」

八、神奇的翡翠城

桃樂絲和她的朋友們終於克服了一切困難，來到了翡翠城。翡翠城大門是用翡翠做的，在太陽的照射下，發出眩目的光彩，讓人眼花瞭亂。

在城門口，守門人攔住了他們。這是一個像芒奇金人一般大小的男人，他從頭到腳穿的戴的都是清一色的綠色，連皮膚也是淺綠色的。他攔住桃樂絲他們，問道：「你們來翡翠城幹什麼？」

桃樂絲說：「我們來找偉大的奧芝，有人說他是一個善良的魔法師，我們想請他幫忙的。」

守門人吃了一驚，說：「沒錯，他有本領，也善良，但是如果有誰以一些愚笨事情去打擾他的話，他會發怒的，甚至會把你們全部殺掉。」

桃樂絲說：「我們的事情一點也不愚笨，我想他不會發怒的。」

守門人歎了口氣說：「如果你們一定要去找奧

芝，我就把你們帶到他的宮殿裏去，但是你們必須帶上眼鏡。不然，翡翠城燦爛的光芒會把眼睛弄瞎的。即使是住在翡翠城的人，也要日夜戴着眼鏡。」

　　守門人説着，打開身旁一個大箱子，箱子裏放了各種各樣的大大小小的眼鏡。眼鏡的玻璃都是綠色的。守門人給他們分別挑了一副合適的，連獅子和托托也不例外。守門人等大家都戴上了眼鏡之後，自己也帶了一個，就帶着他們進宮去了。

　　桃樂絲和她的朋友們雖然戴上了眼鏡，但仍然被翡翠城的光芒照得幾乎睜不開雙眼。綠色的房子，綠色的行人道，綠色的商品，綠色的人，一切一切都是綠色的。

　　街上走着的人都用驚奇的眼光打量着桃樂絲和她那奇怪的小團體，沒有一個人敢跟他們説話。孩子們看見獅子，都嚇得趕快跑走了。

　　守門人帶着他們去到大魔法師奧芝的宮殿，一個士兵在門口站崗，他穿着綠色制服，長着一把長長的綠鬍鬚。

　　士兵聽了桃樂絲他們的來意以後，很有禮貌地把他們帶進了一間大屋子裏，叫他們先在這等着，他去向奧芝報告。等了很長的時間，士兵才回來。桃樂絲好奇地問：「奧芝是什麼樣子的？」

　　「我不知道，因為我從來沒見過他，每次我向他報告的時候，他都坐在帳幔後面給我各種指示的。」士兵又説：「對了，奧芝説，既然你們這麼渴望見他，他答應見你們。但是每次只能見一個，所以你們必須在這裏住幾天。反正這裏房間多的是，你們一路

上也累了，正好休息一下。」

　　桃樂絲激動地說：「謝謝奧芝，也謝謝你！」士兵拿出一個綠色的哨子，使勁地吹了一下，一個年青漂亮的女孩子馬上走了進來。她長着可愛的綠色頭髮和綠色眼睛，還穿着一件綠色長袍，她走到桃樂絲面前，深深地鞠了一個躬，說：「請跟我來，我帶你到房間去。」

　　桃樂絲跟小伙伴們說了再見，就抱起了托托，跟綠髮女孩走了。

　　穿過七個門廊，走上三座樓梯，一直走到宮殿前面的一間房間裏。太漂亮了！簡直是世界上最可愛的房間。桃樂絲睜大眼睛，看着房裏的一切，只見一張綠色的牀，上面鋪着綠色的牀單，放着一張綠色的被子。在房間中央有一個小噴水器，向空中噴着綠色香水的水花，水花落在一隻雕刻得很精美的綠色大理石盆裏。還有，綠色書架上擺滿了綠色的書，綠色衣櫥裏掛滿了綠

知識泉

大理石：岩石的一種，一般是白色或帶有黑、灰、褐等色的花紋，有光澤，多用作裝飾品及雕刻、建築材料。我國雲南大理產的最有名，所以叫大理石。

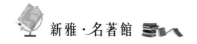

色的衣服。桃樂絲一件件地看着那些衣服，嘴裏不斷發出讚歎的聲音，這都是桃樂絲從來沒見過的漂亮衣服啊！

綠髮女孩對桃樂絲説：「這裏面的東西你都可以用，這些衣服你都可以穿，就當在自己家裏一樣好了。如果你還需要什麼，就搖搖這個鈴。明天早晨，奧芝會派人來叫你的。」

綠髮女孩説完，就跟桃樂絲道別了，因為稻草人他們還在大屋裏等着呢。綠髮女孩接着就分別把他們一個個帶到房子裏，那些房子都跟桃樂絲住的那間一樣漂亮。

但是，他們裏面只有桃樂絲和托托是真正睡得好的，他們躺在綠色的牀上睡得很甜很甜。

稻草人整夜站在房門口，呆呆地等着天亮。他不能躺下休息，也不能夠閉上他的眼睛，所以只好整夜醒着，看着屋角一隻蜘蛛忙着織網。

鐵皮人躺在牀上，但是他不敢睡覺，他得整夜地上上下下地運動，以確保他的關節第二天還可以活動。

獅子寧願睡在森林裏鋪滿葉子的地上，也不喜歡被關在這樣一間漂亮的房子裏。但他到底累了，所以也管不了那麼多，躍上牀去，一分鐘之內就睡熟了。

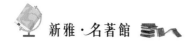

九、會變化的奧芝

天亮了，吃過早飯以後，綠髮女孩敲開桃樂絲的門，說了聲「早安」之後，從衣櫥裏找出一件最漂亮的裙子，幫桃樂絲穿上，把桃樂絲打扮得漂漂亮亮的。然後，她們一起到奧芝的皇宮去。

綠髮女孩把桃樂絲帶到一個堂皇的大廳裏，那裏有許多穿着華麗服裝的大官和貴婦人。每天早晨，他們都會循例到這裏來等候奧芝接見，雖然他們從來沒有被接見過。因此他們只好百無聊賴地在那裏東一句西一句地閒談。

見到桃樂絲，他們全都驚奇地望着她，其中有個人低聲問她：「你就是那個想見可怕的奧芝的女孩子嗎？」

「嗯！如果他願意見我的話。」桃樂絲點點頭。

「奧芝願意見你。」這時候，昨天見過的那個綠鬍子士兵進來了，他對桃樂絲說：「本來他是不喜歡

見人的，起初他聽說你想見他的時候，十分憤怒，說要把你趕走。但當我講起你的樣子和你的漂亮銀鞋子的時候，他才開始感到興趣，後來聽我說到你額頭上的記號時，他就馬上決定見你了。」

這時候，鈴聲響起來了，綠髮女孩對桃樂絲說：「這是奧芝請你進去的信號，你必須自己走進去了。」

女孩說着，打開了一個小門，桃樂絲大膽地走了進去，發現自己到了一個很神秘很奇怪的圓屋子。這屋子有着高拱形的房頂，四周的牆壁、天花板和地板，都是用大翡翠造的。屋頂上有一盞很大的用翡翠做的吊燈，亮得像太陽。

屋子中間有一張綠色大理石寶座。在寶座當中，有一個非常巨大的頭。但令到桃樂絲害怕的是，那個頭下面並沒有身體支撐着，連手和腳都沒有。那個頭頂上光禿禿的，一根頭髮都沒有，只有一雙眼睛和鼻子、嘴巴。

正當桃樂絲驚奇地注視着的時候，那一雙眼睛慢慢地轉動着，最後視線落在桃樂絲的臉上。那眼神好兇啊，把桃樂絲嚇得打了個**寒噤**①。那個大嘴巴也動了，發出一個很響的聲音：「我是偉大而可怕的奧

---

① **寒噤**：因受冷或受驚而身體打顫。

芝，你是誰，來找我什麼事？」

桃樂絲壯了壯膽子，回答說：「我叫桃樂絲，來找你幫忙的。」

那雙眼睛盯着桃樂絲足足有一分鐘，那聲音又說：「你是從哪裏找到這雙銀鞋子的？」

桃樂絲說：「我的屋子恰好掉在東方女巫的身上，把她壓死了。我因為鞋子破了，就從東方女巫腳上拿了這雙鞋子穿。」

聲音繼續說：「那你額上的記號是怎麼來的？」

「北方女巫跟我說再見的時候，在我臉上吻了一下，就留下了一個記號。」桃樂絲回答。

那雙眼睛又狠狠地盯着她，好像要看看她說的是真話還是假話。過了一會兒，奧芝又問：「你究竟想我幫你什麼？」

「送我回到堪薩斯州的家去。」桃樂絲懇切地望着奧芝，「我相信叔叔和嬸嬸都在盼着我回去呢！」

那一雙眼睛霎了三次，接着又怪異地骨碌碌地轉動着。最後又望向桃樂絲。奧芝說：「你沒有權力要求我為你做事，除非你為我做一點事情。在我的國土

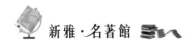

裏，想要得到什麼，就必須先要付出代價。」

桃樂絲問：「我可以為你做些什麼呢？」

奧芝說：「殺死那個西方惡女巫。」

桃樂絲大吃一驚：「我只是一個弱小的女孩子呀，我怎能做得到！」

奧芝惡狠狠地說：「你腳上的這雙銀鞋子，有一種神奇的力量，可以幫助你除掉西方惡女巫。當你完成了這個任務，我就馬上送你回堪薩斯州。不然你就得永遠流落異鄉，再也看不見你的叔叔嬸嬸。」

桃樂絲哭了起來，但是奧芝再不管她了，她只好傷心地離開了宮殿。

小伙伴們都在等着她，桃樂絲把奧芝說的話全告訴了他們。朋友們都很難過，但又沒辦法幫她做什麼。

第二天，輪到稻草人去見奧芝了。當稻草人進到宮殿的時候，看見寶座上坐着一個非常漂亮的貴婦人。她穿着綠色的衣服，頭上戴着一頂綴滿綠寶石的皇冠。她還有着一對像天使一樣的美麗翅膀。

稻草人盡量用一個優美的姿勢向貴婦人鞠了個躬。

貴婦人用溫和的聲音對稻草人說：「我是偉大而可怕的奧芝，請問你找我有什麼事？」

稻草人很吃驚，因為桃樂絲明明告訴他，奧芝只是一個巨大的頭。可是他顧不得那麼多了，他趕緊提出請求：「我是一個沒有腦子的稻草人，我希望你能幫我安上一個腦子，讓我成為一個真正的人。」

奧芝說：「我從來不會白白去幫人的，倘若能幫我去殺死西方惡女巫，我將給你一個最好的腦子，使你成為世上最聰明的人。去吧，在你沒有殺掉西方女巫之前，不要再來找我。」

稻草人愁容滿面地回到了朋友們那裏去，把奧芝說的話告訴了他們。桃樂絲聽到奧芝變成一位貴婦人的時候，感到非常驚奇。

第三天，奧芝讓士兵把鐵皮人叫去了。當他進到宮殿去的時候，見到的既不是巨頭，也不是貴婦人，而是一隻可怕的野獸。牠大得像一隻大象，有一個像犀牛的頭，

知識泉

犀牛：哺乳動物，是體型僅次於大象的大型陸地動物，外形略像牛，頸短，四肢粗大，鼻子上有一個或兩個角。皮粗而厚，微黑色，沒有毛。主要分布於亞洲和非洲，因犀牛角有藥用價值而被濫殺，屬瀕臨絕種動物。

不過牠的臉上卻有五隻眼睛。牠身上長滿毛，並長有五隻長臂，五條細長的腿。幸虧鐵皮人當時還沒有心，不然他的心准嚇得「噗通噗通」地跳。

「我是偉大而可怕的奧芝，你來找我幹什麼？」那野獸說起話來簡直像吼叫。

「我是一個沒有心的鐵皮人，我請求你給我一顆心，讓我和其他人一樣。」鐵皮人說。

「我不會白給你一顆心的！」野獸大聲吼起來，「你得去溫基人住的地方殺死西方惡女巫，到時候，我將把那顆最大最仁慈的心送給你。」

鐵皮人無可奈何，跑回朋友們身邊，把看見野獸的事告訴他們。大家都覺得很驚訝，魔法師這麼厲害，竟然可以隨時變身。

第四天，輪到獅子去見奧芝了。獅子一進到宮殿，吃驚地在寶座前面發現了一個大火球，那個火球很熾熱，差一點燒着了獅子的鬍鬚，令到獅子不由得後退了兩步。

一個低沉的聲音從火球傳出來：「我是偉大而可怕的奧芝，你來找我幹什麼？」

獅子回答説：「我是一隻膽小的獅子，我請求你給我膽量，使我能夠名副其實地成為森林之王。」

火球燃燒得更厲害了，那聲音説：「我可以給你膽量，但是，你必須把西方惡女巫殺掉。只要那女巫還活着一天，就休想我把膽量給你！」

獅子無可奈何地跑了出來，把火球的話告訴了朋友們。桃樂絲憂傷地説：「那我們怎麼辦好呢？」

獅子説：「我們只有照奧芝説的去做，去到溫基人住的地方，把西方惡女巫殺死。」

桃樂絲説：「我們可以去碰碰運氣，但我是絕對不會殺人的。」

獅子説：「我願意跟你一塊去，但要去殺人，我可沒有這個膽量。」

稻草人自告奮勇説：「我也去！不過我太笨了，也許對你們沒有多大的幫助。」

鐵皮人説：「雖然是一個惡女巫，我也是沒心去殺她的。不過要是你們都去，我一定奉陪到底。」

他們商量了一會，決定了第二天一早就出發。

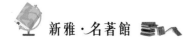

十、桃樂絲被捉住了

　　第二天一早，綠鬍鬚士兵就領着桃樂絲他們穿過翡翠城許多街道，把他們帶回城門口。守門人請他們交回眼鏡，小心地放回箱子裏。又很有禮貌地打開城門讓他們走。

　　桃樂絲問：「到西方惡女巫那裏，要走哪一條路？」

　　守門人説：「是沒有路上那裏的。因為從來沒有人敢上那裏去。」

　　桃樂絲擔心地説：「那我們怎樣才能找到她呢？」

　　「那你不用擔心。」守門人説：「要是西方惡女巫知道你們在溫基人的地方，一定會主動去找你們，把你們捉去做奴隸的。」

　　稻草人説：「我們怎會給她做奴隸，我們是要去殺她的。」

「啊，你們真勇敢！」守門人欽佩地說：「你們可要留神啊，她惡毒又兇狠。你們一直往西走，在日落的地方，不會找不到她。」

他們謝過了守門人，就向西走去。他們走過一片長滿雛菊和毛莨的草地之後，路就變得越來越不平坦了。越往西走，就越顯得荒涼，那裏沒有田地，沒有屋子，也沒有樹木。到了下午，太陽十分猛烈，把他們曬得疲累極了，就找了一個地方休息。

> **知識泉**
>
> 毛莨：多年生草本植物，莖葉有茸毛，單葉，掌狀分裂，花黃色，有光澤，果穗作球狀。植株有毒，可入藥。

桃樂絲和托托、獅子一躺下就睡着了，幸虧稻草人和鐵皮人都不用睡覺的，就在旁邊警惕地守着。

沒想到，他們馬上讓西方惡女巫發現了。那女巫雖然只有一隻眼睛，但那隻眼睛卻像望遠鏡一樣厲害，能夠看到很遠很遠的地方。這天，她坐在城堡門口，偶然向四周一看，就看見了桃樂絲和小伙伴們。她很生氣，拿起掛在脖子上的一個銀笛，使勁吹了一下。

從四面八方跑來了一羣惡狼，牠們圍着惡女巫，

在低聲咆吼着。惡女巫説：「去找那些陌生人，把他們撕成碎片！」

「遵命，我的女王！」領頭的惡狼惡聲惡氣地答應着，然後帶着狼羣飛奔而去。

幸好稻草人和鐵皮人都沒有睡，他們發現了衝過來的狼羣。鐵皮人説：「等我來教訓牠們！」

他拿起斧頭，「嚓嚓嚓」磨了幾下。一隻狼衝過來了，他一揮斧頭，把狼砍死了。就這樣，一隻狼衝過來，他就揮一下斧頭，每揮一下斧頭，就有一隻惡狼倒下去，到了最後，所有的狼都被砍死了，死狼倒在鐵皮人腳下，堆成了一座小山。

第二天早晨，桃樂絲醒過來了，看見滿地的死狼，嚇了一大跳，她十分感謝鐵皮人救了他們。

再説那惡女巫睡醒以後，又跑上城堡去眺望，卻看見了滿地的死狼。而桃樂絲他們，依然在她的國土裏走着。氣得她暴跳如雷。她拿起銀笛，使勁吹了兩下。

立刻，一大羣烏鴉向她飛來。惡女巫對烏鴉王説：「你們馬上飛到那些陌生人那裏去，把他們啄

死！」

　　烏鴉們馬上飛向桃樂絲和她的朋友們。桃樂絲看見了十分驚慌，但是稻草人卻一點也不害怕，他對大家說：「讓我來保護你們，你們只管躺在我的腳邊就行！」

　　大家都聽從稻草人的吩咐，一起躺在他的腳邊，稻草人就挺立着，伸出手臂。烏鴉們看見了十分害怕，因為他們平常都讓稻草人嚇怕了的，所以都不敢飛近來。

　　但是烏鴉王說：「那只不過是一個稻草人，沒什麼可怕的，讓我來啄出他的眼睛！」

　　烏鴉王向稻草人衝過去。稻草人一點沒有退縮，他伸出手，捉住烏鴉王，把他的脖子扭斷。就這樣，飛來了四十隻烏鴉，稻草人就扭斷了四十隻烏鴉的脖子，其他的烏鴉看見，都害怕了，趕快逃走了。

惡女巫遠遠看見她的烏鴉死了一大堆，十分生氣，第三次吹響了她的銀笛。天上馬上傳來一陣「嗡嗡嗡」的很大的聲音，一羣黑蜂飛來了，把天空都遮黑了。惡女巫惡狠狠地向他們下命令：「到那些陌生的客人那裏去，把他們螫死！」

　　黑蜂們馬上飛向桃樂絲他們。稻草人見了，對鐵皮人說：「把我身體裏的稻草拿出來，蓋在桃樂絲、托托和獅子身上，黑蜂就不能螫他們了。」

　　鐵皮人照着做了，他請桃樂絲把稻草人身上的稻草扯了出來，把桃樂絲和獅子、托托完全蓋住了。黑蜂飛來了，他們找不到人，只好圍着鐵皮人猛螫，但牠們不但絲毫損傷不了鐵皮人半點，反而使牠們的刺都全部斷了。黑蜂們的刺斷了，牠們也就不能夠活了，牠們「劈劈啪啪」地掉在鐵皮人的腳邊，全死光了。

　　戰勝了黑蜂，大家都很高興，桃樂絲幫着鐵皮人把稻草放回稻草人的身體裏，大家高高興興地又起行了。

　　惡女巫見到她的黑蜂又死了，氣得大發雷霆，

她決定使出最後一招，一定要置桃樂絲他們於死地。她把那頂珍貴的金冠^①拿了出來。這頂金冠金光閃閃，四周鑲着許多金剛鑽和紅寶石。而最重要的是它具有神奇的魔力，不管誰戴上它，都可以召來一羣兇猛的飛猴。這頂金冠只能召喚飛猴三次，惡女巫已經召喚過飛猴兩次了，第一次是她借助飛猴的力量佔領了溫基人住的地方，驅使溫基人做她的奴隸。第二次是在和奧芝作戰的時候，飛猴曾幫助她將奧芝趕走。現在，她決定用最後一次來對付桃樂絲和她的朋友們。

惡女巫把金冠戴在頭上，嘴裏唸了幾句咒語，馬上，魔力發生了，空中飛來一大羣飛猴，牠們背上都有一對大而有力的翅膀。惡女巫對那隻猴王說：「趕快找到那些陌生的客人，把獅子綁回來替我做苦工，其他的統統殺掉！」

「遵命！」猴王說完，帶着飛猴們風馳電掣地飛走了。

---

① 冠：即帽子。

牠們追上了桃樂絲。幾隻飛猴捉住了鐵皮人，帶着他飛到了空中，到了一個**深谷**①上空時，把他狠狠地扔了下去。可憐的鐵皮人，身上多處地方都摔得凹陷了，再也動彈不得。

　　另外幾隻飛猴捉住了稻草人，把他身上的稻草全部扯了出來，又把他的衣服和帽子打成一個小包袱，扔到一棵大樹的樹頂。其他猴子拿出一條結實的繩子，把獅子綁起來，然後把他帶到女巫的城堡裏，把他關在一個圍着高**柵欄**②的小院子裏，使他沒辦法逃走。

　　桃樂絲緊緊地抱着托托，但是，飛猴們一點也不敢傷害她，因為北方女巫在她額頭上留下的記號保護了她。飛猴們小心翼翼地把她抬了起來，飛上了天空，飛回城堡，把她放在惡女巫面前。

---

① **深谷**：兩山或兩塊高地中間的狹長而有出口的地帶。

② **柵欄**：用鐵條或木條做成的類似籬笆而較堅固的東西。

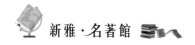

十一、被溶化的惡女巫

　　當惡女巫看到桃樂絲頭上的那個記號時，大吃了一驚，她知道自己這回是無論如何不能傷害桃樂絲了。但這個壞心腸的女巫卻一點都不想放過桃樂絲，她決定讓桃樂絲當她的奴隸，每天給她燒火做飯，打掃家居清潔。

　　惡女巫又異想天開地想讓獅子給她拉遊覽車，她要到什麼地方就到什麼地方去。可是獅子卻不肯服從，還憤怒地朝她怒吼着。惡女巫生氣了，就不給獅子吃東西，幸虧桃樂絲知道了，每天晚上趁惡女巫睡了，就偷偷送東西給獅子吃，獅子才沒有餓死。

　　桃樂絲每天做苦工，還常常受惡女巫的欺負，她常常在晚上偷偷地哭。托托見小主人不開心，牠也不開心，看着桃樂絲的臉嗚嗚地叫着。惡女巫知道桃樂絲腳上那雙銀鞋子有一種神奇的力量，就想把銀鞋子佔為己有。一天，她故意將桃樂絲絆倒，桃樂絲跌下

去時一隻鞋子鬆脫了，惡女巫急忙衝上去把鞋子搶到手。桃樂絲很生氣，大聲喊着：「你這個壞東西，你沒有理由要拿走我的鞋子！」

惡女巫**獰笑**①着説：「我不但要這一隻，以後還會再拿走另一隻呢！」

桃樂絲覺得這個女巫實在太可惡了，就順手拿起身邊一桶水，向惡女巫潑去，把惡女巫潑得渾身上下濕淋淋的。惡女巫發出一聲恐懼的叫聲，把桃樂絲嚇

---

① **獰笑**：兇惡地笑着。

了一跳。接下來驚奇地看到，惡女巫的身體開始萎縮着，倒下去了。

「啊，天啊！難道你不知道，我是不能沾水的嗎！我一分鐘之內就會融化掉了！」惡女巫尖叫着説。

「對不起，我真的不知道啊！」桃樂絲有點手足無措，眼看着惡女巫的身體溶化成一堆棕色的東西。

桃樂絲歎了一口氣，雖然女巫罪有應得，但她心裏總是有點難受。

桃樂絲要做的第一件事是趕快把獅子放出來，然後一同去告訴所有的溫基人，惡女巫已經死了，他們已經自由了！

被惡女巫奴役了多年的溫基人高興得舉行了盛大的慶祝活動，他們決定把這天當作一個節日，以後每一年都在這一天舉行盛大的宴會和舞會，作為永遠的紀念。

桃樂絲和獅子都惦記着稻草人和鐵皮人，於是請溫基人幫忙尋找他們的下落，溫基人馬上就答應了。找呀找呀，直到第二天才在深谷裏找到了鐵皮人，只見他渾身被摔得凹凹凸凸、彎彎曲曲，他的斧頭也生

鏽爛掉了。溫基人把鐵皮人抬回城堡，找來了一批手藝高強的**鐵匠**[1]，請他們一定要讓鐵皮人恢復原貌。鐵匠們用錘子敲敲打打的，忙了三天四夜，終於把鐵皮人身上所有的傷口都修理好了。鐵匠們還為鐵皮人做了一把純金斧頭，鐵皮人扛着它，更神氣了。

　　救活鐵皮人之後，又開始了對稻草人的拯救行動，找了一天一夜，才在一棵大樹梢上發現了稻草人的衣服。鐵皮人舉起了金斧頭，幾下就把那棵大樹砍倒了，桃樂絲趕快把稻草人的衣服取下來，帶回了城堡。桃樂絲讓溫基人找來一些又乾淨又柔軟的稻草，把稻草塞進衣服裏，又請一位老婆婆幫忙縫上腦袋。啊，稻草人復活了！

　　好朋友又再相聚，大家都高興得流出了眼淚，可是，桃樂絲怕鐵皮人讓眼淚弄濕了會生鏽，趕快替他擦乾了眼淚。就這樣，桃樂絲和她的朋友們在城堡裏過了好多天快快活活的日子。

　　一天，桃樂絲把鐵皮人、稻草人和獅子叫到跟

---

[1] **鐵匠**：製造和修理鐵器的人。

前，說：「看來我們是時候回奧芝那裏去了。我們已經做了他要求我們做的事，他也必須實現對我們的承諾！」

鐵皮人馬上表示贊成，他大聲說：「對，我要得到我的心！」

稻草人也說：「是呀，我要得到我的腦子！」

獅子也不甘落後，跳着說：「我要得到我的膽量！」

桃樂絲拍着手：「是的，我要回到堪薩斯州去，回到愛姆嬸嬸的身邊去！」她揮了揮手，止住了大家的歡叫，接着說：「我們明天就動身，到翡翠城去找奧芝！」

第二天，桃樂絲向溫基人講了他們的決定。

溫基人聽了之後，全都憂愁起來，因為他們覺得與桃樂絲、鐵皮人、稻草人和獅子在一起很快活，捨不得他們離去。而且，溫基人更不願威武勇敢的鐵皮人離開，不斷懇求他留下來，幫助管理這片西方土地。

不過，桃樂絲等人決意要走，鐵皮人也不肯留下。為了表達感謝之情，溫基人送給小狗托托和獅子

各一條金項鏈，送給桃樂絲一副鑲着許多金剛鑽石的美麗的手觸，送給稻草人一根金頭的手杖，使他可以避免摔跤，送給鐵皮人一個銀的油罐，用金子鑲着，並嵌上珍貴的寶石。

告別的時刻到了，溫基人舉行了盛大的歡送儀式。

桃樂絲、鐵皮人、稻草人和獅子說了許多感激的話來表達心中的謝意。然後又與依依不捨的溫基人逐個握手，直到手都握痛了還不願放開。

為了準備路上吃的食物，桃樂絲跑到惡女巫的廚房裏，打開碗櫃，把裏面的食物放進一隻籃子裏。忽然，她發現碗櫃裏放着一頂美麗的金冠，於是好奇地拿起來，試着戴在自己的頭上。那頂金冠戴在她的頭上，真是再合適不過了，就好像是專門為她訂做似的。桃樂絲並不知道這頂金冠的魔力，只是看見它是那麼的漂亮，於是決定就戴着它上路。

出發了。溫基人排着長長的隊列，夾道歡送桃樂絲一行人。他們發出三聲歡呼，又說了許多祝福的話，把他們送出了城堡。

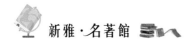
十二、神奇的金冠

在惡女巫的城堡和翡翠城之間是沒有路的。桃樂絲和她的三個朋友要穿過闊大的原野去尋找歸路，比起那次被飛猴馱載而來，當然要困難得多了。聰明的桃樂絲知道，必須對準着早晨的太陽，直向東方走。於是他們就用這個方法辨別方向。

但是到了中午，當太陽照在他們頭頂上時，他們就迷路了。到了晚上，他們累極了，就在草地的花叢中躺了下來，一直**鼾睡**[1]到第二天天亮。太陽出來了，他們就朝着太陽走，而到了中午，便又迷失了方向。

就這樣，他們走了一天又一天，但仍然沒有到達目的地，在他們的面前，總是一片深紅色的田野。稻草人開始不耐煩了，認為一定是走錯了路。鐵皮人失

---

[1] **鼾睡**：熟睡而發出鼾聲。

望了，懷疑自己究竟能不能到達目的地。膽小的獅子也差點哭了出來，擔心自己沒有勇氣堅持走完漫長的旅程。桃樂絲也垂頭喪氣，呆坐在草地上。忽然，她想出了一個主意，對大家說：「我們請那些田鼠來，牠們或許能把去翡翠城的路告訴我們。」

大家聽了都高興起來，認為這是一個好主意。

桃樂絲吹起了那支田鼠皇后送給她的小口笛。僅僅幾分鐘後，他們就聽到了淅淅瀝瀝的腳步聲，接着就看到許多灰色的小田鼠向他們跑來，田鼠皇后也在牠們的中間。

田鼠皇后來到桃樂絲的眼前，問道：

「我能夠為我的朋友們做些什麼？」

桃樂絲說：「我們迷路了，你能不能告訴我們，翡翠城在哪裏？」

皇后回答說：「當然可以，但是翡翠城離這裏遠極了，因為你們走了相反的路。」她注意到桃樂絲頭上的金冠，於是說：「你為什麼不利用這頂金冠的魔力呢，它可以叫飛猴們到你這裏來，不到一個鐘頭，飛猴就能馱載着你們回到奧芝的城裏去。」

桃樂絲驚奇地説：「我不知道這金冠還有這樣的魔力。那麼我現在該怎麼辦呢？」

「做法就寫在這頂金冠的裏面，」田鼠皇后回答説，「假使你們要叫那些飛猴們來這裏，我們就必須走開了，因為牠們都是最喜歡惡作劇的，把捉弄我們當作遊戲。」

「牠們會不會傷害我？」女孩不安地問。

「啊，不會，牠們必須服從戴着這頂金冠的人。再會！」田鼠皇后説完，就和所有田鼠匆匆地消失了。

桃樂絲從金冠的夾層裏找到了使用金冠的方法，嘴裏喃喃地説起咒語來。不一會，就聽得一陣很大的聲響和拍翅膀的聲音，一大羣飛猴飛到他們面前。

一隻猴王在桃樂絲跟前鞠躬，問道：「你有什麼吩咐？」

「我們要到翡翠城去！」女孩命令道。

「遵命！」猴王回答。話剛説完，兩隻飛猴就扶起桃樂絲，讓她坐在牠們的手臂上，帶着飛走了。其他的猴子也帶着鐵皮人、稻草人、獅子和小狗托托，

一起向翡翠城飛去。

　　猴王就伺候在桃樂絲的身邊。桃樂絲覺得乘坐得很舒服，就問猴王：「為什麼你們要聽從這頂金冠的魔力？」

　　猴王笑着說：「說來話長，如果你想聽，我可以把這件事告訴你。」

　　於是，猴王開始講起這個故事來：「從前，我們都是自由的百姓，快樂地生活在大森林裏，就這樣過了許多年。在離這裏很遠的南方，有一座用紅寶石築成的宮殿，裏面住着一位名叫甘林達的美麗公主，她

也是一個很有本領的魔法家，她的魔法都是用來幫助老百姓的。

「但是公主最大的願望是找到一個可以用愛情報答她的人。到了最後，她終於選中一個又聰明又勇敢的男孩子作她的丈夫，他叫奎拉拉，兩人十分相愛，於是準備舉行婚禮。而我的祖父當時是飛猴的王，住在森林裏，靠近甘林達的宮殿。這位老人家最喜歡開玩笑，有一天，恰好在婚禮之前，他帶着部下飛出去，看見奎拉拉在江邊散步，穿着一件淡紅色的**綢**①和紫色**天鵝絨**②做成的華麗衣服，就決定跟他開個玩笑，看他有什麼本領。於是祖父指揮部下飛下去把奎拉拉捉住，再把他沉到水裏去。

「當奎拉拉冒出水面游回岸邊時，甘林達聞訊跑來，看見他華麗的衣服全弄髒了，十分憤怒，於是下令要把所有飛猴的翅膀都綑綁起來，然後扔到水裏去。飛猴的翅膀被綑起來，就會在江中被淹死，於是

---

① **綢**：一種薄而軟的絲織品。

② **天鵝絨**：一種起絨的絲織物，也有用綿、麻做底子的。顏色華美，大多用來做服裝或簾、幕、沙發套等。

奎拉拉就替他們求情。最後，甘林達作了讓步，條件是飛猴們必須為戴金冠的主人服役三次。這頂金冠是公主耗費全部財產的一半製成，為了舉行婚禮而贈給奎拉拉的。為了避免受到更嚴厲的懲罰，猴王和所有飛猴都同意這個條件，從此之後，不論金冠的主人是誰，飛猴們都會為他服役三次。」

猴王又說：「後來這頂金冠落在西方惡女巫的手裏，我們不能違背承諾，不得不聽從女巫的命令，奴役溫基人，把奧芝趕出西方的國土。現在這頂金冠是屬於你的了，你有權力召喚我們三次。」

當故事說完的時候，飛猴們剛好把桃樂絲等人送到了翡翠城。

猴王向桃樂絲深深地鞠了一躬，帶着飛猴們飛走了。

十三、原來是個大騙子

　　桃樂絲和她的朋友們回到翡翠城，上次見過的那位守門人打開了城門。他看見桃樂絲十分驚訝：「啊，原來是你們！」停了停，他又奇怪地說：「你們到西方去沒有遇到惡女巫嗎？」

　　稻草人告訴他：「我們遇到她了，不過她被溶化了。」

　　當他知道是桃樂絲溶化了惡女巫之後，深深地向桃樂絲鞠了一躬。之後，他又像以前所做過的那樣，取出眼鏡給他們戴上。

　　一行人進入翡翠城，人們得知他們溶化了惡女巫，都朝他們翹起大拇指，並成羣結隊地跟隨他們到奧芝的宮裏去。

　　桃樂絲和小伙伴們被迎進宮內，綠髮女郎把他們安排在以前住過的房間休息，等候奧芝接見。但是等了一天又一天，奧芝都沒有接見他們，令他們感到十

分失望，覺得奧芝太不守信用了。稻草人於是請綠髮女郎捎一個信息給奧芝，說如果他再不立刻見他們，就要召喚飛猴來懲罰他。

奧芝這才害怕起來，傳話說，明天早晨九點零四分到宮殿來接見他們。原來他曾在西方的國土上遇見過那些飛猴，知道飛猴的厲害。

當天晚上，每個人都失眠了，都在想着明天奧芝將會怎樣實現他們的願望。桃樂絲在迷糊中夢見自己在堪薩斯州，和愛姆嬸嬸在一起。

第二天早晨九點鐘，士兵前來將一行人帶往奧芝的宮殿。

桃樂絲等人都盼望着可以見到魔法家真正的樣子，但他們全都失望了。當他們望過去時，宮殿裏空無一人，那寂靜而空洞的宮殿，比他們曾經見過的奧芝的幻影來得更加可怕。

這時，一個聲音似乎從靠近那巨大的圓屋頂上傳了下來：「我是偉大而可怕的奧芝，你們為什麼要來找我？」

他們四處張望，宮殿裏的每一個角落都沒有一個

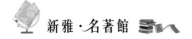

人影。

桃樂絲問道：「你在什麼地方？」

「不論什麼地方我都在，」聲音回答說，「但是普通人的眼睛，是看不見我的。現在我坐在我的寶座上，使得你們能夠對着我。」那聲音真的似乎從那寶座上發出，因此他們就朝着寶座走過去，並在寶座前排列成一行。

這時桃樂絲說道：「啊，偉大的奧芝，我們已經按照你的吩咐，把西方惡女巫殺死了，請你把曾答應過的東西給我們。」

從寶座傳出的聲音問：「那惡女巫真的被殺死了嗎？」那聲音緊張得帶着顫抖。

桃樂絲肯定地回答說：「是的，我用一木桶的水澆溶了她。」

「啊喲！」那聲音說，「好吧，明天到我這裏來，現在太急促了！因為我必須有一點兒時間準備準備。」

鐵皮人忿忿地說：「你已經有很多的時間了。」

稻草人不耐煩地說：「我們一天也不能再等候了！」

　　桃樂絲則高聲叫道：「你必須遵守你自己的諾言！」

　　獅子想，恐怕要恐嚇一下這個不遵守諾言的魔法家。於是，他大聲地吼叫起來。

　　這一聲吼叫實在是太可怕威猛了，把托托也嚇得從獅子身邊跳了開去，撞在安放在角落裏的一個大**屏風**①上。那屏風被撞得「啪噠」一聲倒了下來，一幅

---

① **屏風**：放在室內用來擋風或隔斷視線的用具，一般用木頭或竹子做框子，蒙上綢子或布，有的單扇，有的多扇，相連可以折疊。

奇怪的景象頓時呈現在大家的面前：屏風後面所遮藏的地方，站立着一個禿了頭、皺了臉、又矮小又醜陋的老人，他也像桃樂絲他們一樣，滿臉的驚愕。

鐵皮人一驚，隨即舉起他的斧頭，向那個老人衝過去，高聲喝問：「你是誰？」

「我……我就是偉大而可怕的奧芝，」那矮小的老人用一種顫抖的聲音説，「你們不要傷害我，我將做你們要我做的任何事情。」

他們都用沮喪的奇異目光看着他。

桃樂絲説：「我以為奧芝有一個大大的頭。」

稻草人説：「我以為奧芝是一個可愛又美麗的女人。」

鐵皮人説：「我以為奧芝是一隻可怕的野獸。」

獅子則説：「我以為奧芝是一個火球。」

「不，你們都錯了，」奧芝説，「你們所看到的全是我的偽裝！」

「偽裝？」桃樂絲喊着，「你不是偉大的奧芝？」

「親愛的，聲音輕一點兒，靜一點兒，」奧芝急

得又搖頭又擺手，「不要説得那麼大聲，不要讓別的人聽見，否則我就完了。其實，我並不是魔法家，我只是一個普通的人。」

稻草人氣憤地説：「你比一個普通人更不如，你是一個騙子！」

「不錯，一點兒也不錯！」矮小的老人搓着雙手説，「我是一個騙子！」

鐵皮人焦急起來：「哎喲，我將怎麼樣才能得到我的心呢？」

獅子也急了：「那麼我的膽量怎麼辦？」

「還有我的腦子！」稻草人急得哭了，用他的衣袖揩拭眼睛裏的眼淚。

「求求你們了，」奧芝憂慮地説，「我求你們別盡説這些雞毛蒜皮的小事情了。你們替我想想，我的秘密被你們揭穿了，後果將是多麼的可怕！」

「別人都不知道這個秘密嗎？」桃樂絲問。

「沒有一個人知道，除了你們四個以外，還有我自己。」奧芝回答説，「我已經很久地愚弄了每一個人，使得我自以為永遠不會被揭穿。我常常讓你們走

進這宮殿裏來，這真是一個極大的錯誤，在平時，即使是我手下的人，也不會被我接見，所以他們全都相信我是一個偉大而可怕的人。」

桃樂絲不解地説：「我弄不懂，你怎麼樣變成一個大大的頭出現在我面前的？」

「那是一個很簡單的小魔術，」奧芝回答説，「請走到這裏來，我可以把一切都告訴你們。」

於是他領着路，把他們帶到了宮殿後面的一個小卧室裏。奧芝指着一個角落説：「你們看。」

他們看見，角落裏放着一個很大的紙做的頭，那上面畫着一張很細緻的臉。

「我用一根細繩子，把這個頭從天花板上掛下來，我站在屏風後，拉動一根細線，使得頭上的一雙眼睛可以活動，嘴巴也可以一張一合的。」奧芝解釋説。

桃樂絲又問：「那麼聲音又是怎樣來的呢？」

「我是一個腹語家，」奧芝説，「我能夠用我的聲帶發出我需要的任何聲音，因此你會以為那聲音是從那頭裏發出來的。這裏還有另外一件東西，這是

我用來欺騙稻草人的。」他指給稻草人看他扮貴婦人所穿戴的衣服和面具。鐵皮人所看見的可怕的野獸，其實也沒有什麼，只是縫綴在一起的一堆毛皮，用板條子使得它們張了開來。至於那火球，也是從天花板上掛下來的偽裝品，那是一個棉花球，當油滲透在上面，一點火便猛烈地燃燒起來。

「你這個大騙子！」稻草人大聲斥責道，「你應當感到羞愧！」

「是的，我當然很羞愧！」奧芝的臉上露出無奈的表情來，「但我也是迫不得已才這樣做的。請你們坐下來，我把我的故事講給你們聽。」

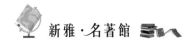

十四、奧芝的故事

奧芝開始向桃樂絲他們講述自己的故事——

「我是生長在奧馬哈……」奧芝還未說完第一句，就被桃樂絲打斷了：「什麼，那是離開堪薩斯不很遠呀！」

「是不遠，但從這裏去就很遠。」奧芝說着，向她憂愁地搖搖頭。「當我長大的時候，我成為了一個腹語家，在這一點上，我被一個偉大的主人訓練得很好。我能夠模仿任何一種鳥類或獸類的聲音。」說到這裏，他模仿一隻小貓叫了幾聲，使得小狗托托豎起了牠的耳朵，並向四面找尋，以為附近真的有一隻小貓。奧芝又繼續說下去：「不過我又開始對模仿聲音厭倦了，於是我變成一個熱氣球駕駛員。」

桃樂絲問：「那是什麼東西？」

「在表演**馬戲**①的時候，一個人坐在升起來的熱氣球裏面，吸引一大羣觀眾來購買門票，這個人就是

熱氣球駕駛員。」

桃樂絲點點頭，表示明白。

奧芝說：「有一天，我在一個升起來的熱氣球裏面時，忽然鈎住地面的繩子斷了，我無法回到地面上去，熱氣球浮蕩在雲端上面，飄向了很遠很遠的地方。我在高空中就這樣旅行了一天一夜，到了第二天早晨，我從夢中醒來，發覺熱氣球已經飄到了一個奇異而美麗的國土上空。

「熱氣球逐漸地降落地面，我一點兒也沒有受傷。我踏上土地的時候，發現這裏的人都很奇異。他們看見我從雲端下來，以為我是一個偉大的魔法家。我當然不必去解釋原因，就讓他們那麼去想好了，因此他們都十分敬畏我，凡是我要他們去做的事情，他們都不敢違抗。

「於是我就命令他們建築這座城堡和這座宮殿，他們都很樂意去做，而且做得很好。由於這裏到處都是一片碧綠，我就稱呼它做翡翠城。我又命令所有的

---

① **馬戲**：原來指人騎在馬上所做的各種表演，現在指節目中有經過訓練的動物，如狗熊、馬、猴子、小狗等參加的雜技表演。

人都必須戴上綠眼鏡，使這裏的每一種東西看起來都是綠色的。」

奧芝停了停，又接着説：

「這座翡翠城是在許多年之前建起來的，當熱氣球帶我來到這裏時，我還是一個年輕人，而現在我已經很老了。但是在我的百姓們的眼睛裏，我無論什麼時候都是那麼的偉大和神秘。我對百姓們很好，他們都很喜歡我。不過自從宮殿建成以後，我就把自己關進宮殿裏，他們誰也不能看到我了。

「那些神通廣大的女巫們使我感到恐懼，因為我的魔力都是假的，而那些女巫們都能真的做出神奇的事情來。還算有運氣，住在北方和南方的都是善良的女巫，我知道她們對我沒有什麼威脅。但是住在東方和西方的女巫，卻是非常可怕，如果她們知道我的魔力並不真的那麼厲害，一定會來殺死我。説實在的，這些年以來我都一直非常害怕她們。所以你們可以想像得出來，當我聽到你的屋子掉在東方惡女巫的身上，把她壓死了，我是怎樣地快樂啊。當你們跑到我這兒來，請求得到我的幫助時，我答應過只要你們消

滅了西方惡女巫，就可以實現你們的願望，但是，我現在只能慚愧地説，我無力實踐我的諾言。」

桃樂絲生氣地説：「你不講信用，是一個很壞的壞蛋！」

「啊，不是的，其實我心腸並不壞。」奧芝説。

「你還能給我腦子嗎？」稻草人問。

「你用不着它。你每天都在學習一些東西。一個初生的嬰兒就有腦子，但是他不能夠知道許多事情。經驗是帶來知識的唯一途徑，你生活在世界上越長久，你的經驗就會越豐富，腦子裏的知識就會越多。」

「也許你説得對，」稻草人説，「但是我仍然不快樂，除非你把腦子給了我。」

奧芝看了稻草人一眼，歎了一口氣，説：

「唉，好吧，我雖然不是像我誇口説的是一個很能幹的魔法家，但如果明天早晨你到我這裏來，我會把腦子塞進你的腦殼裏去，不過我沒辦法告訴你怎樣去運用腦子，你還是必須自己去運用它！」

稻草人説：「謝謝你，謝謝你！你不必擔心，我

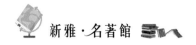

自己一定會找出一個辦法來運用腦子。」

「那我的膽量怎麼辦？」獅子不耐煩地問。

「我相信你有很大的膽量，」奧芝回答説，「你所需要的是自信心。當遇到危險的時候，沒有一種生物是不害怕的，真正的膽量，是當你在害怕的時候，仍然敢於面對着危險，那種膽量，你其實並不缺少。」

「也許我有，但是我還是照樣地害怕。」獅子説，「除非你使我忘記自己是膽小獅，否則，我仍然是十分不快樂的。」

奧芝回答説：「好吧，明天我將給你那種膽量。」

「那麼我的心又怎麼樣呢？」鐵皮人問。

奧芝説：「其實你想要一顆心是十分不明智的，老實説，那東西使得很多人不快樂，只要你明白了這一點，你就會知道，沒有一顆心正是你的運氣。」

「不，在我來説，如果你把心給了我，即使會有不快樂，我仍然會忍受，不會有一句怨言。」鐵皮人説。

「那麼好吧，明天到我這裏來，我將給你一顆

心。」奧芝溫和地説。

「現在輪到我了，」桃樂絲説：「我將怎樣回到堪薩斯州去呢？」

奧芝想了又想，最後對桃樂絲説：「你必須給我兩天或者三天的時間，來認真地考慮這件事。不過你放心，我一定會想出辦法來，帶你越過這個大沙漠，回到堪薩斯州去的。」他又對大家説：「在這期間，你們將會像貴賓一樣得到我很好的招待，我的百姓將隨時侍候你們，聽從你們任何差使。不過只有一件事情，我請求你們幫助我，作為對我的報答，那就是，你們必須嚴守我的秘密，不要去告訴任何人，説我是一個騙子。」

桃樂絲答應了，鐵皮人、稻草人和獅子也答應了，保證不向任何人説出奧芝的秘密。

出了宮殿，他們高高興興地回到了各自的房間。即使是桃樂絲，也在希望那個可惡的「大騙子」奧芝，真的能夠想出一個辦法來，將她送回堪薩斯州去。如果他真的能夠做到這點，她願意什麼事都寬恕了他。

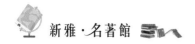
十五、奧芝施的魔法

第二天一早，稻草人一起牀，就對他的朋友們說：「你們祝賀我吧，我要到奧芝那裏去得到我的腦子了。當我回來的時候，將會和其他的人沒有任何分別了！」

稻草人用一種興奮、快活的語調向大家說了一聲再會，就蹦蹦跳跳地向宮殿跑去。當稻草人走進宮殿後，看見奧芝正坐在窗子旁邊，一副沉思默想的樣子。

稻草人侷促不安地說：「我是來要我的腦子的。」

「啊，是的，請你坐到那張椅子上去。」奧芝回答說，「你必須原諒我，我需要把你的頭取下來，因為要把腦子放進你的腦殼裏，我不得不這樣做。」

「好的，」稻草人說：「你就把我的頭取下來吧，只是當你再把它安放上去的時候，那腦殼裏必須要有我希望得到的東西。」

於是，奧芝取下了稻草人的頭，將裏面的稻草挖出來，然後跑進後面的房間裏，拿出一個用許多的釘和針混合起來的腦子來，放滿在稻草人的腦殼裏，再用稻草塞滿了其餘空隙的地方。當他再在稻草人的身體上安上並扎緊了腦袋後，就對稻草人説：

「好了，從此以後，你是一個大人物了，因為我已經給了你一個新的、聰明的腦子！」

稻草人的願望得到滿足，又快活又驕傲，他再三向奧芝表達了衷心的謝意，高興地回到朋友身邊。

桃樂絲好奇地注視着他，看到在他的頭頂上面腦子顯得十分隆起和突出，就問：「你覺得怎麼樣？」

「我覺得自己真的聰明了，」稻草人誠心地説，「當我逐漸用慣了我的新腦子之後，我便會知道一切事情了。」

鐵皮人奇怪地問：「為什麼有些釘和針戳出了你的頭外面？」

獅子發表意見説：「那證明他的思想是尖鋭的！」

鐵皮人見稻草人真的夢想成真，於是決定馬上到

宮殿去，他説：「我要向奧芝要我的心。」

他急急地來到宮殿，對奧芝説：「我是來向你要我的心的，你答應過我的。」

「很好，」奧芝回答説，「不過你要有思想準備，我不得不在你的胸脯上割開一個洞，這樣才能把你的心放進去。我希望這樣做不會傷害你。」

「不會的！」鐵皮人毫不猶豫地説，「只要你能真的給我一顆心。」

於是，奧芝取出一把工匠們常用的大剪刀，在鐵皮人的胸脯上靠左邊的地方，剪開了一個小小的方形洞口，隨後走到一個箱子旁邊，打開抽屜，取出一顆心來。那顆心是用絲線織成的，裏面填塞着木頭的鋸屑，看上去十分精緻好看。

奧芝把心安放在鐵皮人的胸膛裏，再在割開過的地方補上一塊馬口鐵，整齊地縫合起來。「唔，現在你已經有了一顆心了。遺憾的是，你的胸脯上不可避免地有一塊不好看的補丁。」

知識泉

馬口鐵：表面上鍍上一層錫的鐵皮，不易生鏽，多用於罐頭工業上。也叫鍍錫鐵。

快活的鐵皮人説：「不要緊的，我倒是十分感謝你，我永遠忘記不掉你的恩惠！」

　　鐵皮人回到他的朋友們那裏去，大家都向他祝賀。

　　現在輪到獅子到宮殿去了，他對奧芝説：「我是為了我的膽量而來的。」

　　「很好，」奧芝説，「我想我可以替你辦好這件事。」

　　他跑到一個櫥櫃旁邊去，伸手到最高的一格裏，取下一個方形的綠瓶子，把裏面盛着的藥水，倒在一隻雕刻得十分精美的綠色碟子裏，然後端到膽小獅的面前。

　　獅子嗅了一下，他似乎不大喜歡那藥水的氣味。

　　奧芝遞給獅子，説：「喝吧。」

　　獅子皺皺眉頭，不情願地問：「這是什麼？」

　　奧芝説：「唔，如果你把這藥水喝了，它就會變成膽量。」

　　獅子不再**躊躇不決**①了，一口就把碟子裏的藥水

---

① **躊躇不決**：猶猶豫豫，拿不定主意的樣子。

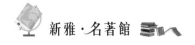

喝個乾淨。

「現在你覺得怎麼樣？」

「啊，我覺得自己充滿着膽量了！」獅子答道，然後謝過奧芝，跑回朋友們那裏去，把好消息講給他們聽。

奧芝看見獅子高興的樣子，忍不住暗暗地笑了起來。他知道，要滿足稻草人、鐵皮人和獅子的要求，是一件相當容易的事情，因為他們都以為他什麼事情都能夠輕而易舉地辦得到，他們是很容易得到滿足的。但是，對於桃樂絲要回到堪薩斯州去的要求，就太渺茫而沒有任何把握了，他不知道自己是否能夠辦得成這件事。

一連過了三天，桃樂絲都得不到奧芝的任何回音。對於這個小女孩來説，這些日子是憂愁煩悶的。但她的幾個朋友都又滿足又快樂。

稻草人喜悦地告訴大家，在他的頭腦裏，有一種奇異的思想，但是他又説不出那是什麼。

當鐵皮人走路的時候，他覺得自己的心在胸腔裏發出聲音來。他告訴朋友們，他已經發現，這顆心充

滿了善良、慈愛。獅子也向朋友們宣稱，在這個地球
上，牠已經不再怕什麼了，甚至有膽量去迎戰一支軍
隊，或者敢於與十二隻兇猛的老虎打鬥了。桃樂絲看
到朋友們的高興與快樂，就更加渴望能夠達到自己的
願望，快點回到堪薩斯州去。

　　第四天，奧芝終於召喚她了。這使她感到非常
的快樂。當她見到奧芝時，一看見他的表情，桃樂絲
就預感到有好消息了。奧芝一臉的喜悅，大聲地說：
「我親愛的孩子，我想我已經有了使你走出這個國度
的辦法了！」

　　「真的嗎？我真的能回到堪薩斯州去嗎？」桃樂
絲簡直不敢相信自己的耳朵。

　　「唔，我不能說是堪薩斯州。」奧芝說，「因為
我根本不知道到堪薩斯州的路在哪裏。但是我可以做
到的，是讓你越過大沙漠，只要能辦到這一點，就可
以很容易地找到你回家的路了。」

　　桃樂絲雖然有點失望，但畢竟有了可以曲折地回
家的希望。她問：「我怎樣才能越過這沙漠呢？」

　　奧芝說：「你知道，當我來到這個國土時，是坐

在一個熱氣球裏面的。而你，也是被一陣旋風帶着，從空中過來的。所以，我相信從空中走，就能夠越過沙漠。可是要製造一陣旋風，這並非我的力量能辦到的，但是，我相信我能夠製造一個熱氣球。」

奧芝仔細地向桃樂絲解釋了製造熱氣球的辦法，之後又表示，他將同桃樂絲他們一起乘坐熱氣球離開翡翠城。

「什麼？你同我們一起離開翡翠城？」桃樂絲大吃一驚，這個結果是她從來都沒有想到過的。

「是的，我已經厭倦了做這麼一個騙子了。假如我一走出這個宮殿，我的百姓就立刻會發現我並不是一個魔法家，當我的秘密被揭穿的時候，我的麻煩就會不斷地來了。我決定和你回到堪薩斯州去，寧願重新再做一個馬戲班裏的人。」

「太好了，我很願意有你這樣一個旅伴！」桃樂絲說。

「那好吧，讓我們開始製造熱氣球吧。」奧芝像放下了心頭的大石，整個人都顯得輕鬆起來。

十六、熱氣球飛走了

　　奧芝和桃樂絲開始做熱氣球。桃樂絲先用剪刀把綢布剪成適當的大塊小塊，然後又用針線把綢片整齊地縫在一起。

　　第一片是淡綠色的，第二片是深綠色的，第三片是翡翠綠的。因為奧芝有一個有趣的想法，就是用不同顏色的綢片來做這個熱氣球。就這樣，花了三天的時間，他們終於把所有的綢片縫合在一起了，一個巨大的綠色的綢袋就擺在了他們的眼前。奧芝在綢袋的裏面塗上一層薄膠，這樣做是為了使綢袋不透氣。之後，他就宣布那熱氣球已製作完成了。

　　他又說：「我們現在需要一隻大籃子，用來吊在熱氣球下面乘坐。」於是他派遣那個長着綠鬍鬚的士兵，去弄到了一隻巨大的布做的籃子，又用了許多繩子，把籃子緊緊地縛在熱氣球的底下。

　　當一切工作都全部完成以後，奧芝就傳話給他的

百姓，説他要到住在雲端裏的一個大魔法家那裏去拜訪。這個消息很快地傳遍了整個翡翠城，每一個人都跑來看看這難得一見的盛事。

奧芝命令手下的人把熱氣球放在宮殿前面的一塊空地上。鐵皮人砍下一大堆木柴，並把木柴點燃起來。奧芝在火上張着熱氣球的底部，使上升的熱氣灌進綢袋裏面。

漸漸地，那熱氣球膨脹起來，開始在空中升起，一直升到那隻籃子完全離開地面。

奧芝走進籃子裏，向百姓們大聲説道：

「當我不在這裏的時候，稻草人將代替我領導你們。我命令你們必須服從他，就像服從我一樣！」

這時，熱氣球還被繫在地上的繩子拖住，因為裏面的氣是熱的，這就使它的重量比空氣輕了，要是沒有繩子拖住，它就會升到天空去了。

「桃樂絲，來！」奧芝叫道，「快來，不然熱氣球就要飛走了。」

這時，桃樂絲卻發現小狗托托不見了，她可不願意把她的小狗扔在翡翠城，而自己一個人回到堪薩斯

州去。

　　原來，托托在等候的時候，發現了一隻小貓，於是就跑去想和牠交個朋友，結果鑽入了人羣之中。桃樂絲費了一番周折尋到了托托，抱起牠立刻向熱氣球跑去。這時，熱氣球由於熱氣太充足了，拚命地向上升，而拴着熱氣球的繩子又太細，沒有辦法牢牢地拖住上升的熱氣球，已開始發出斷裂的聲音。

　　當桃樂絲只剩下幾步就跑到熱氣球的籃子前的時候，奧芝已經向她伸出了手，想幫她跨進籃子，但這時候繩子突然斷了，熱氣球猛地向上一竄，很快地升到空中。

　　「回來！」桃樂絲氣急地大叫，「回來，我也要去！」

　　可是，熱氣球並沒有停下來，繼續飛快地向天空中升去。

　　「對不起，桃樂絲！」空中傳來奧芝逐漸微弱的聲音，「我沒有辦法讓熱氣球回來了，再會！」

　　「再會！」百姓們也高聲喊着，所有的眼睛都向上望着熱氣球。熱氣球迅速地升上了天空，奧芝的聲

音也很快就聽不見了。

　　桃樂絲要回到堪薩斯州家裏去的希望，就這樣告吹了，她覺得很傷心。她的朋友們也為她難過。

　　現在，稻草人領導着翡翠城，雖然他不是一個魔法師，但是百姓們都很尊敬他。他們說：「在這個世界上，再沒有其他城市是由一個塞滿稻草的人來領導的！」他們每一個人都以此作為自己的驕傲。

　　就在奧芝乘坐熱氣球飛走的當天，桃樂絲和她的伙伴們在宮殿裏討論事情。

　　稻草人坐在寶座上，其餘的人則站在他的面前。

這個新的國王説：「看來我們並不算太不幸，因為這個宮殿和這個翡翠城，現在都屬於我們的了，我們可以做我們喜歡的任何事情。我還記得在不久之前，我被縛在一塊稻田裏的竹竿上面，現在我卻是這個美麗城市的領導者。我非常滿足我的生活。」

「我也是！」鐵皮人同意地説，「我喜歡我那顆新的心，真的，我在這個世界上別無所求，有一顆心是我唯一的願望。」

「至於我，只要知道我和所有活着的獅子相比，即使不是最勇敢的，也是一個勇敢者，我就十分滿足了！」獅子説。

稻草人看了看桃樂絲，説：「如果桃樂絲也願意住在翡翠城中，那麼我們就可以在一起快快活活地生活下去了！」

「但是我不願意住在這裏！」桃樂絲大聲地叫了起來，「我一定要回到堪薩斯州去，我要和愛姆嬸嬸、亨利叔叔住在一起！」

「那麼，怎麼辦呢？」鐵皮人問。

「讓我好好想一想！」稻草人開始靜思默想起

來，他思索得那麼努力，以致那些釘和針都一根一根地戳出在腦殼的外面。

最後，他終於想出了一個辦法來。他高興地對桃樂絲説：

「嘿，我有好辦法了！」他顯得很興奮，因為他覺得自己真的有腦子，而且真的能夠思考問題了。「桃樂絲，你為什麼不去召喚飛猴們來呢？你不是有那頂神奇的金冠嗎？你可以請求飛猴們把你馱過那大沙漠呀！」

「哈哈，我怎麼沒想到呢！」桃樂絲快活起來，「那是多麼簡單容易的事情啊，我這就去拿金冠來！」

於是她取來金冠，唸出咒語。很快，就有一大隊飛猴穿過打開着的窗子飛進來，站在桃樂絲的面前。

「這是你第二次召喚我們來了，」猴王向桃樂絲深深地鞠了一躬，謙卑恭敬地説，「請問你希望我們為你做些什麼呢？」

桃樂絲説：「我請求你馱我飛回堪薩斯州去！」

但是飛猴王搖搖頭，拒絕説：「不行，這是辦不

到的事情。」

「為什麼？」

「在堪薩斯州那裏，從來不曾有過一隻飛猴，而且我猜想也永遠不會有，因為我們不屬於那個地方。很抱歉，我樂意用我們的力量，替你做任何事情，但是我們不能夠越過沙漠！再見！」

猴王再次向桃樂絲深深鞠躬，然後展開翅膀，飛走了。其他飛猴也很快消失得無影無蹤。

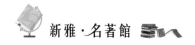

十七、到桂特林去

　　飛猴不能按桃樂絲的願望把她馱回堪薩斯州去，這令她十分失望，傷心得哭了起來。她抽泣着說：「我白白地浪費了一次金冠的魔力，又達不到願望，真是糟糕透了！」

　　好心腸的鐵皮人說：「唉，桃樂絲你太不幸了！」

　　其他的朋友也在一旁跟着唉聲歎氣。

　　稻草人於是繼續開動腦筋，希望能再想出好辦法來。由於想得太努力了，他的頭可怕地隆起突出着，針和釘都戳出腦殼外面來，桃樂絲真害怕他的腦袋會突然爆裂開來。

　　最後，他又想出了一個主意來：「不如讓那個長着綠鬍鬚的士兵進來，向他請教。」

　　大家都贊成這個主意。

　　那士兵膽怯地被召喚進宮殿，他好奇地東張西

望。奧芝在這裏的時候，從來都不讓他走進門口。

「這個女孩子，」稻草人指指桃樂絲，對士兵說，「希望越過大沙漠，你有辦法嗎？」

士兵連連搖頭：「我沒有辦法。除了奧芝之外，沒有一個人曾經走出過沙漠。」

桃樂絲失望了，不過她還是沒有放棄，繼續追問：「難道這個國度裏，就沒有一個人能夠幫助我嗎？」

士兵想了想，說：「我想，甘林達或許可以幫助你。」

「甘林達？」稻草人問。

「是的，甘林達。」士兵回答說，「甘林達是南方的女巫，她在所有的女巫中是最有力量的，她領導着桂特林。她的城堡就在沙漠的邊上，所以她也許知道通過沙漠的是哪一條路。」

桃樂絲想起來了，飛猴王把她馱到翡翠城來的路上，給她講過金冠的故事，那頂金冠就是甘林達為了舉行婚禮贈給未婚夫奎拉拉的。於是她問：「甘林達是不是一個善良的女巫？」

「是的，桂特林人都公認她是好人，」士兵説，「她對每一個人都十分和善。我還聽説，甘林達長得非常美麗，她懂得怎樣保持年青，雖然她的年齡已經很大了。」

桃樂絲問：「我怎樣才能到達她的城堡呢？」

「甘林達的城堡在南方，只要沿着向南的路一直走，就可以到達那裏了。」士兵又補充説，「不過，那段旅途是充滿危險的，路上要穿過大森林，而森林裏藏着兇猛的野獸。更麻煩的是，桂特林的居民們不歡迎陌生的客人經過他們的國土，因此，翡翠城的人沒有一個到過桂特林，而住在桂特林的人也不曾到過翡翠城來。」

稻草人説：「現在看來最好的辦法，就是動身到南方的國土去，請求甘林達的幫助。」

「我將和桃樂絲同去，假如桃樂絲決定要走的話。」獅子聲明説，「我對翡翠城已經厭倦了，我渴望森林和我的故鄉。你們得明白，我是一隻有膽量的獅子了，桃樂絲在遇到危險時需要我的保護。」

鐵皮人也説：「我的斧頭也許可以派得上用場，

因此我也陪桃樂絲一起到南方的國土去。」

稻草人問：「那麼，我們什麼時候動身呢？」

「我們？」大家驚奇地問，「難道你也一同去嗎？」

「當然，我怎麼能不同你們一起去呢？想想看，如果不是桃樂絲，我就永遠得不到腦子。」稻草人誠懇地說，「她在稻田裏從竹竿上把我解救下來，把我帶到了翡翠城。我的好運氣全部都是從她那裏得來的。在她回到堪薩斯州之前，我不會離開她！」

「謝謝你們！」桃樂絲十分感激地說，「你們待我太好了。那麼，我們什麼時候動身好呢？」

「明天早晨我們就動身，」稻草人作出了決定，「從現在起大家就開始作好準備，要知道，這將是一個充滿辛苦和危險的旅程。」

第二天早晨，桃樂絲吻別了綠髮女郎，又和長着綠鬍鬚的士兵握手告別。

當守城門的人看見他們時，感到大惑不解，想不到他們竟然會捨得離開這個美麗的城市，去經歷新的困難和危險。他幫他們解下眼鏡，放進綠箱子裏，然

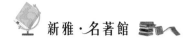

後向他們鞠躬。

「你是我們的新統治者，翡翠城的人民需要你。」守門人對稻草人說，「辦完你的事以後，一定要趕快回來呀！」

「當然，如果我能夠趕快，就一定會儘早回到翡翠城來。」稻草人回答說。

桃樂絲向守門人作最後的告別，然後同朋友們一起走出城門，踏上了通往南方的旅途。

太陽光燦燦的，大家精神振奮，一邊走一邊笑着、閒談着。桃樂絲再一次充滿了回家的希望。

獅子快活地呼吸着原野上的新鮮空氣，走起路來一蹦一跳的，尾巴搖來搖去。小狗托托在獅子周圍奔跑着，並不斷追捕着飛蛾和蝴蝶，不時快樂地吠着。

「我完全不能適應城市的生活，森林才是我的家。」獅子說，「現在我渴望有一個機會，向別的野獸們表現出我怎樣地有膽量。」

大家走了一段路之後，停下腳步，轉身向翡翠城揮手告別，只見在綠色城牆的後面，有許多的高塔和禮拜堂上的尖頂，還有奧芝的宮殿那螺旋形的圓屋

頂，高高突出於一切建築物之上。

「奧芝雖然是個騙子，但他心腸並不算很壞。」鐵皮人説這句話時，他覺得自己的心正在胸膛裏有節奏地跳動。

「他畢竟給了我一個十分好用的腦子。」稻草人深有同感地説，「應該説，他不能算是一個很壞的人。」

獅子也在一旁點頭稱是，他説：「奧芝畢竟給了我很想得到的膽量。」

桃樂絲沒有答腔，不過她在內心也贊成朋友們的説法。雖然奧芝沒能實現對她的承諾，沒有送她回到堪薩斯州去，但他畢竟盡了力，所以她已經寬恕了他。

走了一天，當夜幕降臨的時候，他們就睡在草地上。滿天的繁星蓋着他們，微風輕輕地吹着，十分舒服，所以整個晚上大家都睡得十分好。

十八、瓷器做的城市

第二天早晨，大家又動身踏上了到南方的旅程。

走着走着，他們被一座密林擋住了去路。那樹林向左向右伸展開去。似乎沒有盡頭，如果不穿過密林，就唯有改變方向。為了避免迷失方向，桃樂絲決定穿過森林。

稻草人走在最前面引路，一行人艱難地在森林裏走着。前面出現一棵大樹，樹枝像一把大傘一樣展開，人可以從下面穿過。於是稻草人就率先穿過樹底。誰知，他剛走到樹下，那些樹枝卻忽然彎了下來，緊緊地纏捲着他，然後把他從地面上高高地舉起來，再頭朝地將他拋擲到地面上。

幸好稻草人全身都是軟的，他並沒有受到任何損

傷，不過這一個突然的遭遇，已令他吃驚得差點昏迷過去。其他人也大吃一驚，急忙上前扶起了他。

獅子説：「這些樹木好像故意阻止我們前進，怎麼辦呢？」

「我有辦法！」鐵皮人舉起了他的斧頭，向那棵大樹走過去。當他走到樹底時，那些樹枝便像捉稻草人一樣，彎下來伸向鐵皮人。鐵皮人及時閃避開去，同時猛地揮舞起斧頭，一下子就把樹枝劈成了兩截。

那棵樹的其他樹枝像是接到了同一個命令似的，立刻一齊彎了下來，將鐵皮人包圍住。幸好鐵皮人揮舞着斧頭猛劈猛砍，將那些捉人的樹枝全都砍斷了。

一行人於是順利地闖過了第一關。這個森林裏的其他樹木，再也沒有把這些不速之客捉起來再拋擲回去了，不知道是整個森林只有那一棵樹會捉人，還是其他會捉人的樹知道鐵皮人的厲害，都不敢輕舉妄動，總之，桃樂絲和她的朋友們終於平安穿過了森林。

當他們走出森林之際，還來不及歡呼，就又遇到了新的困難。他們發現，一道長長的高牆擋住了他們的去路，高牆向左右兩端無限地伸展開去，根本看不

到盡頭。整堵高牆好像是用白色的瓷磚砌成的，光滑得像瓷盆的平面。

桃樂絲問：「我們現在怎麼辦呢？」

鐵皮人說：「我來做一把梯子，這樣就可以翻牆而過了。」

大家都覺得這個辦法很好，鐵皮人就提着斧頭到森林裏去砍樹了。

稻草人陪着鐵皮人，看着他在那裏努力地砍樹。他沉思了一會兒，不解地問鐵皮人：「我真不明白，為什麼要在這裏築這麼一道高牆呢？」

鐵皮人回答說：「休息休息你的腦子吧，別想那高牆的事情了。當我們翻牆而過的時候，那邊的一切都會真相大白的！」

不到一個鐘頭的工夫，梯子做好了，雖然看上去有些笨重，但大家都相信梯子是堅固的，至少能夠幫助所有的人翻爬過這道高牆。

稻草人首先爬上了已經架在高牆上的梯子。當他爬到牆頂時，他發出了一聲驚叫。

當桃樂絲、鐵皮人和獅子相繼爬上牆頂時，都發

出了像稻草人一樣的驚叫。

　　之後，他們並排成一行，坐在牆頂上，向下望着那一片奇異的景象。

　　在他們面前，展現出一個城市，有一片平滑的、明亮的、雪白的、像一隻大盆子的底那樣的地面。地板上到處散列着許多的房子，全部都是用瓷器做的，漆着鮮明的、美麗的色彩。這些屋子都很小，其中最大的也只是高到桃樂絲的腰部。城裏還有許多小**穀倉**①和小**廄**②房，四周繞着瓷做的籬笆，許多牛、羊、馬、豬和小雞，全都是瓷器做的，一羣一羣地站着。

---

① **穀倉**：「穀」即稻的種子，也是糧食作物的總稱。穀倉即是用來
　　　儲存穀子的地方。
② **廄**：馬棚。泛指養牲口的地方。

即使是住在這個奇異國度裏的百姓，也都全部是瓷器做的，連衣服也是瓷的。他們當中，有擠牛奶的女郎和放羊的牧童，有衣着華麗的公主和戴着皇冠的王子，還有滑稽的小丑和蓄着長鬍鬚的工匠。他們都是

小小的，最高的也高不過桃樂絲的膝部。

　　一隻瓷器做的小狗發現了高牆頂上的不速之客，於是跑到牆邊，用一種細小的聲音向他們吠了起來。

　　桃樂絲問：「我們怎麼下去呢？」

　　由於梯子太笨重，他們根本無法將它推上牆頂，稻草人於是決定從牆頂往下跳。

　　稻草人帶頭跳了下去，桃樂絲、鐵皮人和獅子，還有托托就朝着他跟着往下跳，這樣，稻草人就成為一張軟墊子，保護他們不會在堅硬的瓷地面上跌傷。他們站起來之後，扶起被壓扁了的稻草人，再輕輕地拍打着，使他重新恢復了原狀。

　　他們開始穿越瓷器國。

　　在瓷器國遭遇的第一件事，是由於他們的來臨驚嚇了一隻瓷牛，那瓷牛受驚之後踢翻了瓷凳子和瓷水桶，又將擠牛奶的瓷女郎踢倒在地，結果瓷牛的一條腿斷了，瓷桶、瓷凳子都碎成了小塊，瓷女郎的身上也被踢出了一個洞來。

　　「看你們都做了些什麼？！」瓷女郎憤怒地指責他們，「我必須到修理店去，用膠水將被損壞的一切

重新黏合起來。你們太過份了！」

桃樂絲慌忙連聲道歉，她為他們的闖入而無意地造成瓷器國的損失深感內疚。

「在這裏，我們必須十分謹慎小心。」鐵皮人説，「否則我們會傷害了這些容易受傷的瓷器人。」

走了不遠，他們遇見了一個美麗的小瓷器公主。公主看見這些陌生人，轉身就走。桃樂絲正想追上去問個清楚，那公主驚慌地小聲喊道：「請不要靠近我，不要追趕我！」

「為什麼？」桃樂絲問道。

「如果你追趕我，我就會跌倒，將自己跌成碎片。如果你太靠近我，一不小心就會將我碰倒在地，也會跌成碎片的。」瓷器公主説。

桃樂絲見那瓷器公主那麼精緻和漂亮，就對她説：「我很喜歡你，你可以跟我回到堪薩斯州去嗎？我可以讓你坐在我的籃子裏，一同回家去，讓你站在愛姆嬸嬸的**壁爐**①上面。」

---

① **壁爐**：就着牆壁砌成的生火取暖的設備，有煙囱通到室外。

「啊，那樣我會變得很不快活的，」瓷器公主小聲地說，「我當然也很想跟你到外面去見見世面，但這裏是我們的國土，在這裏我們生活得很滿足。無論哪個瓷器人，如果離開這裏的話，關節立刻就會變得僵硬起來，最後完全不能活動，只能永遠保持着一個固定的動作，供人們賞玩了。」

桃樂絲說：「我當然不想使你不快活。好吧，讓我們說聲再會好了。」

「再會！」公主說完，揮揮手離開了。

一行人小心翼翼地穿過這個瓷器國，一路上他們盡量注意不碰倒任何瓷器人、瓷器動物和所有的瓷器物品，以免將這些極容易破碎的瓷器打碎。

大約過去了一個鐘頭，稻草人發現，他們已經來到了瓷器國的另一面邊界，那裏也有一堵高高的瓷牆。

不過這堵牆好像不如先前的那堵牆高，只要站在獅子的背上就能爬上牆頂。

當眾人踏着獅子的背爬過瓷牆之後，獅子縱身一跳，跳過了瓷牆。但當他跳起來的時候，尾巴不小心打倒了一座瓷做的教堂，把它打得粉碎。

❧ 十九、獅子成了萬獸之王 ❧

當這些旅行者從瓷器國的瓷牆上爬過來以後，發覺他們到了一個令人厭惡的地方。

放眼望去，只見到處都是泥濘沼澤，上面蓋着長長的叢草。

一行人小心翼翼地走着，由於叢草很密，遮蔽了他們的視線，一不小心就很容易掉進泥濘的水潭[1]中去。終於，他們跌跌撞撞、艱難地走過了寬闊的泥濘沼澤，踏上了一片較為堅硬的土地，不過，這片荒野似乎比他們以前所走過的更加**荒蕪**[2]和**崎嶇**[3]。

在走了一段長時間之後，他們穿過矮叢林，來到

> **知識泉**
>
> *沼澤*：水草茂密的泥濘地帶，是由於湖泊裏面的物質長期沉積，湖水越來越淺，湖底長滿苔蘚、蘆葦等植物而形成的。

---

[1] **潭**：深的水池。
[2] **荒蕪**：因沒人管理而長滿野草。
[3] **崎嶇**：形容山路不平、十分難走的樣子。

了另一片更加茂密的大森林旁邊。

「這個大森林真是可愛極了！」獅子忽然興奮起來，不停地朝四周張望，「我從來不曾看見過比這裏更美麗、更可愛的地方了！」

稻草人説：「這裏似乎陰森得很。」

「不，一點兒也不！」獅子反駁説，「我喜歡在這裏度過我的一生。看看這些乾草多麼的柔軟，看看這些苔蘚多麼的豐滿！肯定的，沒有一處地方比這裏更使我快樂！」

桃樂絲説：「這森林裏恐怕有野獸吧？」

「我猜有的！」獅子説。

他們在森林中走着，直到天黑下來看不見四周景物時為止，才停下來宿營。桃樂絲、獅子和托托躺在乾草上熟睡，鐵皮人和稻草人則像平常一樣輪流值夜，守衞着他們的朋友。

天亮了，一行人又開始向前行。還沒走出多遠，忽然聽到一種低沉的隆隆聲，好像是許多野獸在吼叫。

知識泉

苔蘚：一般只有1至10厘米高的微小、柔軟的植物。它們通常羣聚生長在潮濕的地方，沒有花朵或種子。

有大膽的獅子陪着，沒有人感到害怕，大家繼續向前走。一直走到森林中的一塊空地上，才看見那裏集合着數以百計的不同種類的野獸，當中有老虎、大象、狗熊、狼和狐狸，也有斑馬、梅花鹿、野豬和白兔，總之一切獸類都幾乎齊集在一起了。

　　桃樂絲有點害怕了，但獅子安慰她說不必害怕，這不過是野獸們正在舉行一個會議。經過一陣細心的聆聽，獅子告訴大家，這裏的野獸們遇到了巨大的災難，他們正在討論如何應付。

　　就在獅子向朋友們解釋的時候，有幾隻野獸發現了他。接着，整個大集會好像中了魔法似的，馬上全部寂靜下來，沒有一隻野獸再說一句話。

　　一隻大老虎跑到獅子跟前，鞠着躬說：「歡迎你，萬獸之王！你駕臨得太及時了，快去戰勝我們的仇敵，再把和平帶給生活在這森林中的野獸們吧！」

　　獅子鎮靜地問道：「你們有什麼災難呢？」

　　「我們正被新近來到這森林的一個兇猛的仇敵威脅着，」老虎回答說，「牠是一個極其可怕的怪物，這個怪物像一隻大蜘蛛，身體大得像大象，腳長得像

一棵樹。這樣長的腳一共有八隻，當這個怪物爬過這森林時，牠用一隻腳捉住一隻野獸，塞到嘴裏去，像蜘蛛吃昆蟲一般。這個兇猛的怪物現在正在整個森林裏橫行，不斷地捕捉野獸吞食。因此，我們不得不集會，商量如何來保護我們自己，如何來保衞這個森林的安全。」

獅子想了想，問道：「在這個森林裏，難道沒有別的獅子了嗎？」

「曾經有過幾隻獅子的，但都被那個兇猛的怪物捉去吃掉了。而且看起來，那些獅子當中沒有一隻及得上你的龐大和勇敢。」

「那麼，如果我殺死了你們的仇敵，你們是否會把我當作這個森林的萬獸之王，服從我的管治呢？」獅子問。

「當然，」老虎回答說，「只要你能殺死那個無惡不作的怪物，我們就一定會樂意聽從你的管治！」

所有的野獸都附和着大聲吼叫道：「我們樂意！」

獅子於是問：「現在那個大怪物在哪裏？」

「在那邊的森林裏！」老虎指了指遠處的一片密林。

獅子對老虎説：「好吧，我立即就去與那個兇猛的怪物決鬥，你們就等着我的好消息吧！」他又指指桃樂絲等人説，「你們必須好好地保護我的朋友。」

老虎説：「放心吧，我們擔保他們不會損失一根頭髮！」

獅子於是向朋友們告別，然後滿懷信心地向着那片密林走去，向那隻威力無窮的怪物挑戰去了。

當獅子終於找尋到牠時，那隻巨大的怪物正躺在森林的枯草堆上熟睡。牠的模樣是那樣的醜惡，使到獅子不得不厭惡地皺起了眉頭。只見牠的八隻腳，果然如老虎所説的，長得像一棵樹，而身上則覆蓋着粗糙的黑色毛髮。牠有一張巨大的血紅色嘴巴，裏面有一排一尺長的尖利牙齒，從嘴巴裏噴出的，是一股股極難聞的臭味，以致令獅子噁心得直想嘔吐。

獅子觀察了一陣，終於發現了這個怪物的弱點，那就是牠的頸部。牠有一個龐大的頭，卻只有一條細弱得像一隻黃蜂的腰似的頸項連接着。「只要攻擊牠

的頸項，就能把牠殺死。」獅子想，「而且，趁牠睡着的時候攻擊牠，顯然比牠醒着的時候容易得多。」

拿定主意之後，獅子開始實行牠的計劃。

他輕輕地繞到那怪物的後面，先是收縮起身體，然後一縱身，向着怪物猛撲過去，用有力的腳對準怪物的頸項一擊，同時閃出所有的利爪，狠狠地抓向怪物的頭部，而尾巴就像鋼鞭一樣，大力地抽向怪物的雙眼。當他完成一系列連串的動作，四腳穩穩地落地之後，回頭發現怪物的頭已經掉了下來，而牠沒有頭的身體倒在地上無力地抽搐掙扎，不一會兒，就一動不動了。

獅子返回森林的空地，説：「我獲得勝利了！你們如果有興趣，可以去看看牠的屍體！」

歡呼聲響徹雲霄，野獸們紛紛向獅子跪拜，把他當成牠們的王。

獅子在野獸們的懇求下，答應會當這森林的萬獸之王，不過條件是他必須護送桃樂絲到南方女巫那裏去，只有當桃樂絲平安地踏上去堪薩斯州的路以後，他才會回到森林裏來，擔負起管理這座森林的責任。

二十、桃樂絲回到了家

桃樂絲和她的朋友們平安地走出了大森林，卻被一座峻峭的岩石山擋住了去路。

正當他們接近岩石，準備攀爬的時候，一個粗暴的聲音響起：「滾回去！」

「你是誰？」稻草人問，「我們必須爬過去！」

「任何人也不准爬過去！」從岩石後面走出一個奇怪的人，只見他長得十分矮，扁平的頭卻很大，而且身上沒有手臂。

稻草人沒有理會他，繼續向上爬，因為他相信這樣一個無用的矮人不可能阻止他們。但是想不到，那個怪人的頭竟然會向前射出，脖子忽然伸得很長，扁平的頭撞向稻草人，把他撞得滾下了山去。接着，那頭又縮了回去。怪人獰笑着説：「你知道我的厲害了吧！」

與此同時，岩石後面出現了數以百計的無臂大頭

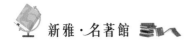

矮人，全都大聲笑着。

獅子憤怒了，怒吼一聲衝上山去。但不幸的是，他同樣被無臂矮人用扁平的頭頂撞了回來。桃樂絲說：「我們沒有一個人能抵抗他們。怎麼辦呢？」

鐵皮人想了想，說：「還是要請求飛猴們幫助，你仍然有權力再召喚牠們一次！」

桃樂絲於是戴上金冠，唸起了咒語。飛猴在幾分鐘之內，全隊迅速地飛到了她的面前。

桃樂絲命令道：「馱着我們飛過這岩石山，到那桂特林的國度裏去。」

「遵命！」猴王回答說。飛猴們立刻分別讓四個旅行者坐在牠們的臂上，騰空而起。

當飛猴們馱着他們飛越岩石山時，無臂大頭矮人們都憤怒地大聲叫喊着，紛紛把他們的大頭射向空中，試圖撞擊飛猴們，因為他們的頭射程有限，碰不着已經飛得高高的飛猴們。飛猴們終於安全地把桃樂絲和她的朋友們馱過岩石山，降落在美麗的桂特林的國度裏。

猴王與飛猴們告別了桃樂絲和她的伙伴們，很快

就消失了。

這個桂特林的國家，似乎是一個富足和快樂的國度，到處是良田，田裏長着成熟的穀物，鋪砌的道路縱橫交錯，小溪上有橋樑，屋子漆着鮮明的紅色。桂特林人又矮又胖，脾氣很好，全都穿着紅色的衣服。

大家走到一間農舍前去敲門，農民的妻子打開門，熱情地招待了他們，給他們吃糕餅和喝牛奶。

「到甘林達的宮裏去有多遠？」桃樂絲問。

「很近，從這條路向南走，很快就到了。」好心的婦人説。

桃樂絲向農婦道謝之後，和小伙伴們沿着田野的小路向南走。當他們經過一條小橋之後，便看見前面有一座十分美麗的城堡。

城門前有三個年青的女郎，她們都穿着漂亮的用金邊飾鑲着的紅色制服。

「我是來拜訪善良的南方女巫的。」桃樂絲向她們説，「請帶我們到她那裏去吧。」

女郎問清楚桃樂絲的名字後，就走進城堡裏去。幾分鐘後，她出來通告説，桃樂絲他們已經被允許接

見。

　　大家十分高興地跟着女郎，走進了一間大房間，在那裏，他們看見女巫甘林達坐在一張鑲滿紅寶石的寶座上。

　　這個女巫又年青又美麗，她的頭髮是深紅色的，而她的衣服則是雪白的，眼睛卻是藍的，正和藹地注視着小女孩。

　　「我的孩子，我能為你做些什麼事呢？」甘林達柔聲地問桃樂絲。

　　於是，桃樂絲就把她所有的經歷都告訴了女巫。「現在我最大的願望，就是回到堪薩斯州去，因為我的失蹤，肯定使叔叔和嬸嬸十分傷心。」

　　甘林達俯身向前，吻着桃樂絲的臉頰：「我的孩子，我一定能夠告訴你回到堪薩斯州的路。」她停了停又説，「唯一的條件是，你必須把這頂金冠送給我。」

　　「可以的，」桃樂絲説，「這頂金冠本來就是屬於你的。」

　　於是桃樂絲把金冠送給了甘林達。她又好奇地

問甘林達：「我很想知道，你準備怎麼使用這頂金冠呢？」

女巫說：「我將召喚飛猴們來，馱稻草人到翡翠城去，因為那裏的百姓很需要一個具備智慧的領導者。我還會讓飛猴們馱着鐵皮人平安地到溫基國去，因為我相信鐵皮人將聰明地領導溫基人好好地生活下去。我將召喚飛猴將獅子馱到大森林裏去，讓獅子實踐牠當萬獸之王的諾言。」甘林達接着說，「這頂金冠的魔力就此用完了。當它的魔力用完之後，我會把它還給猴王，讓牠和牠的部下以後可以永遠自由自在了。」

稻草人、鐵皮人和獅子都衷心地向女巫表示萬分感謝。

桃樂絲有點急了，她喊道：「你的確是十分善良，正像你的美麗一樣。但是，你還沒有告訴我怎樣才能回到堪薩斯州去。」

「別急，我的孩子！」甘林達微笑着說，「你的一雙銀鞋子，將帶你越過沙漠。其實，如果你知道它們的魔力，在你來到這個國度的第一天便可以回到你

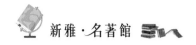

的愛姆嬸嬸那裏去。」

「可是我就沒有頭腦了！」稻草人叫喊起來，「我將在農民的稻田裏了結我的一生！」

「我也得不到我的心，」鐵皮人説。

「我將永遠膽小地生活着，不可能成為勇敢的萬獸之王！」獅子也説。

桃樂絲説：「我不後悔，朋友們。不過現在我們每一個都實現了最好的願望，我想我是時候回到堪薩斯州去了。」

善良的女巫説：「這雙銀鞋子有神奇的魔力，你只要先並着腳，然後轉動鞋跟，互相碰撞三次，就可以命令這雙鞋子帶着你到想去的任何地方！」

桃樂絲快活地叫起來：「真的嗎？我太高興了！」於是她開始吻別她的朋友們，不知不覺又因為快要離別了而傷心得流出了眼淚。

稻草人、鐵皮人和獅子也哭了，他們太捨不得桃樂絲了。

甘林達也從她的紅寶石寶座上走下來，吻別了桃樂絲。四個好朋友在最後告別的時刻，再三向女巫致

謝。

桃樂絲鄭重地把小狗托托抱在臂彎裏，說過最後一聲再會，就用鞋跟連續互碰三次，說道：「帶我回家，到愛姆嬸嬸那裏去！」

立刻，她被捲起在空中，迅速地飛行起來。耳邊只聽見刮過的風聲。

就一眨眼的時間，桃樂絲就落在地上，打了三個滾，然後坐了起來。

「啊，我的天！」桃樂絲看看四周，驚叫着。因為，她發現自己正坐在堪薩斯州的大草原上，而且恰好是亨利叔叔在那次旋風以後新造的房子前面。

她看見亨利叔叔正在使勁地擠着牛奶。

小狗托托從她的臂彎跳到地上，向着穀倉奔去，邊跑邊高興地吠着。

桃樂絲站起來，發現腳上只穿了一雙襪子。因為她的一雙銀鞋子，在空中飛行時失落了，永遠失落在沙漠中。

愛姆嬸嬸正從屋子裏跑出來要去洗菜，她一抬頭卻看見了桃樂絲正向着她奔來。

　　「我親愛的孩子！」她激動地喊了起來，迎上去，用雙臂把桃樂絲抱住，拚命地在她的臉頰上吻着，「你究竟從哪裏跑回來的？」

　　桃樂絲説：「我是從奧芝的地方跑回來的。啊，愛姆嬸嬸，我回家了，我回到家裏來了，多麼快樂呀！」

1　你最喜歡故事中的哪個角色？為什麼？

2　桃樂絲到過不同的地方，哪一個地方你最想去呢？為什麼？

3　你認為稻草人的智慧、鐵皮人的情感、獅子的勇氣是怎樣獲得的呢？

4　桃樂絲在這次旅程中有些什麼收穫呢？

5　故事中的桃樂絲一行人去找奧芝，都是希望他可以達成自己的願望。你又有什麼願望呢？你會做些什麼去達成這個願望呢？

6　這個經典故事多次搬上舞台和熒幕，歷久不衰，你認為它最大的魅力是什麼？

桃樂絲終於回家了！但你知不知道，這次之後，桃樂絲還曾經兩次回去過奧芝國？你想不想知她在奧芝國還有什麼經歷？其他角色又有什麼遭遇呢？以下是作者鮑姆為此故事續寫的作品，有興趣的話，可以去找來看看啊！

	書　名	最初出版年份
1	奧芝國仙境 The Marvelous Land of Oz	1904年
2	奧芝的奧芝瑪 Ozma of Oz	1907年
3	桃樂絲與奧芝國魔法師 Dorothy and the Wizard in Oz	1908年
4	往奧芝國之路 The Road to Oz	1909年
5	奧芝國的翡翠城 The Emerald City of Oz	1910年
6	奧芝國的拼布偶女孩 The Patchwork Girl of Oz	1913年
7	奧芝國的嘀嗒機器人 Tik-Tok of Oz	1914年
8	奧芝國的稻草人 The Scarecrow of Oz	1915年
9	奧芝國的林奇汀奇國王 Rinkitink in Oz	1916年
10	奧芝國失蹤的公主 The Lost Princess of Oz	1917年
11	奧芝國的鐵皮樵夫 The Tin Woodman of Oz	1918年
12	奧芝國的魔法 The Magic of Oz	1919年
13	奧芝國的甘林達 Glinda of Oz	1920年

萊曼‧弗蘭克‧鮑姆
(Lyman Frank Baum)(1856-1919)

　　1856年出生於美國紐約一個小鎮。父親是石油巨子，家境十分富裕。鮑姆自懂事以後就對寫作和演戲很有興趣，十幾歲便跑到紐約當了《紐約世界》的記者。

　　兩年後，自辦報紙《新紀元》，這份報紙直到現在還在紐約發行。

　　後來，鮑姆嫌編輯工作不夠刺激，便自編自導了一個音樂喜劇，在百老匯演出，沒想到大獲成功。鮑姆乾脆帶團到全國各地演出，前後達數年之久。

　　1897年，鮑姆開始了兒童文學創作，先後寫了《鵝媽媽》和《鵝爸爸》兩本書，出版後相當受歡迎。鮑姆受到鼓舞，又着手寫了《綠野仙蹤》。書一出版，馬上引起轟動，從此奠定鮑姆在文壇的地位。由於有太多人關心故事中奧芝的命運，所以在1904年鮑姆又寫了續集《奧芝國仙境》，1907年寫了《奧芝的奧芝瑪》，之後幾乎每年寫一本。直到1919年去世，他一共寫了24本書，其中「奧芝系列」共有14本。

　　《綠野仙蹤》後來多次被改編成電影和戲劇，其影響歷久不衰。

新雅 • 名著館

綠野仙蹤

原　　著：萊曼·弗蘭克·鮑姆〔美〕
撮　　寫：陳淑嫻
繪　　圖：Sayatoo
策　　劃：甄艷慈
責任編輯：周詩韻
美術設計：何宙樺
出　　版：新雅文化事業有限公司
　　　　　香港英皇道 499 號北角工業大廈 18 樓
　　　　　電話：(852) 2138 7998
　　　　　傳真：(852) 2597 4003
　　　　　網址：http://www.sunya.com.hk
　　　　　電郵：marketing@sunya.com.hk
發　　行：香港聯合書刊物流有限公司
　　　　　香港荃灣德士古道 220-248 號荃灣工業中心 16 樓
　　　　　電話：(852) 2150 2100
　　　　　傳真：(852) 2407 3062
　　　　　電郵：info@suplogistics.com.hk
印　　刷：中華商務彩色印刷有限公司
　　　　　香港新界大埔汀麗路 36 號
版　　次：二〇一六年九月二版
　　　　　二〇二二年十一月第四次印刷
版權所有·不准翻印

ISBN: 978-962-08-6647-0
© 1999, 2016 Sun Ya Publications (HK) Ltd.
18/F, North Point Industrial Building, 499 King's Road, Hong Kong
Published in Hong Kong SAR, China
Printed in China